南方纪行

なんぽうきこう

[日]佐藤春夫——著

Satō Haruo

胡令远 叶海唐——译

浙江出版联合集团
浙江文艺出版社

羡君两袖新诗本，

湖色涛声又酒痕。

——洪弃生

目录

总序

施小炜

曾经有一位不可一世的罗马人恺撒（Julius Caesar）留下过这么一句豪言壮语：我来到，我看见，我征服。(Venio，video，vinco.)“来”也罢，“看”也罢，都不打紧，然而来和看的目的倘不是援助、投资或观光游览，而是征服，则以今天后殖民后冷战时代的眼光视之，自然不免会感到帝国主义的血腥。事实上，那个时代的罗马人大抵都是帝国主义者，置帝国的利益于万物之上，嗜爱征服别人。也许惟因如此，恺撒的这句话才会被奉为金言备受推崇广为流传，以至于时至今日居然仍未湮灭。甚至在早已打入我国市场多年的万宝路（Marlboro）香烟盒的标志中，居然也赫然印着这句话，只是写作完成时：Veni，vidi，vici.即“我来了，我看了，我征服了”。其实恺撒语录的原版才更加意味深长呢。然而这位罗马统帅在忙着厮杀征服之余，倒也没忘记有效利用晚间就寝之前的时间，写下了一部《高卢战记》（Commentarii de Bello Gallico）。而这部书，从某种意义上说，恐怕不妨视为一种游记。若依今人的价值观，也许应将恺撒的名言改说成：“我来，我看，我写（vigilo）。”改 vinco 作 vigilo，仅仅一字之易，便将话者由威风凛凛的三军统帅降格为普普通通的一介游客，尽管失去了许多英雄气概，却也平添了一缕和平与温馨，岂不可爱？而名高千古的《高卢战记》也大可更名为《高卢游记》（Commentarii de Itinere Gallico）了。——此乃戏言。不过事实上，征服这一行当固然英雄无比，但鲜见能够维持得恒久。君不见，昔日曾为罗马军团所征服的土地上，如今崛起了一个个强大富足的国家，倒是称霸一时的罗马帝国却早已灰飞烟灭了。反观搦管弄文，尽管显得孱弱，却似乎远较策马横刀杀气腾腾的征服更受到永恒的青睐：连今天我们认识恺撒其人，难道不也是仰赖写在纸烟盒上的一句“名言”，以及一部《高卢战记》吗？亦即是说，对于生活于现代的我们而言，恺撒建立在南征北战杀人如麻之上的盖世英名，已经毫无（当时所曾具有过的）意义；如若说今天恺撒对我们还有一点影响的话，那这种影响只是通过他作为副业而遗留下来的著述（écriture）来实现的。

闲话休提。游记的历史便是这般地古老——尽管我们不敢也不必武断地强辩《高卢游记》，不不，《高卢战记》便是游记的起点。曲园居士俞樾在为东国文士竹添进一郎（井井居士）《栈云峡雨日记》所撰的序文中说：“文章家排日纪行，始于东汉马第伯《封禅仪记》，然止记登岱一事耳。至唐李习之《南行记》、宋欧阳永叔《于役志》，则山程水驿，次第而书，遂成文家一体。”主张中国的游记始于东汉，成于唐宋。然而游记的最盛期，无疑是在人类迈入了科学技术神速进步的现代文明社会之后。交通手段的发达，使得从前被目为难于登天的畏途变成了坦途，人们的活动范围扩大，异域间的往来费时减少，为游记的繁盛预备了物质基础。至少在日本是如此的，而日本人的访华游记则更是如此。众所周知，日本与中国的交往，日本人的来华留学、经商，乃至做官，原是古已有之的事情。然而访华游记以惊人的数量大举问世，却是在 1868 年的明治维新以后。仅仅是东京的东洋文库一家，其所收集的明治以降日本刊行的访华游记，就多达四百余种，而这据说不过是“九牛之一毛”。至于这期间日本人究竟写下了多少这类书籍，其总数迄今仍无确切统计。访华游记的作者群，除却文人学者之外，还包括了教师、学生、商人、宗教家、出版人、社会活动家，以及军人、政客，纭纭纷纷，鱼龙混杂。有的是匆匆过客，蜻蜓点水走马观花；有的则是“此间乐，不思蜀”，长期体验长期观察。既有寻幽探胜，寄情水光山色；也有访朋拜友，评骘人事、政治。沉湎于怀古幽情，凭吊古迹、追思古人者有之；留意于民风世情，将视点照准当代社会变迁者亦有之。诸体咸备，蔚为壮观。

游记可以说是一个发现过程的记录。“来”和“看”，是游记的原料积累，而“写”，则是游记的生产行为。作者从他自己所熟悉的日常之中走出，来到一个于他而言是非日常的空间，在这里，他看到了许多人、许多物、许多事，有的似曾相识，有的令他惊异，所有这一切——都会引起他的感慨与思索。而他之所以会在面对种种所见所闻时表现出不同的反应，乃是因为他心中有一个参照系（frame of reference)存在着。映入眼帘的一切，全都投射在他心中的参照系上，他据此做出价值的判断，或喜或嗔，或欣然接纳，或嗤之以鼻。这个参照系，是他长期生活于斯、成长于斯的那个环境、那个文化、那个传统在他不知不觉之中赋予了他的，而他往往甚至不曾意识到这一参照系的存在，却无时无刻不在运用它。换句话说，向游记——其实不独游记——期冀客观，不啻缘木求鱼。但凡被记录下来的，都是选择的结果。而选择这一行为，正是一种主观活动。哪怕写的是风景，是一座建筑，是一草一木，那都是经过了作者的双眼甄别，经过了他心中的参照系过滤过的；而他的双眼本是教育的产物，则那个参照系可以说是一个民族文化传统的凝缩。

因此，我们移译介绍日本人所写的访华游记，就具备了双重的意义。首先，阅读这些游记，有助于我们了解那个时代的中国与中国人，或者说作者眼中所见的那个时代的中国和中国人。这对于我们中国人认识自己、理解自己，应当是有百利而无一弊的——即使面对的是哈哈镜，我们也可以从变了形的身影中，看到遭了扭曲的优点，增进对自己的信心；或发现被夸张了的缺点，了解自己阿喀琉斯脚踵（Achilles' heel）的所在，从而思谋自强自卫的方策。引用一句曾经十分流行、几乎人人耳熟能详的名言，那便是："忘记了过去便意味着背叛。"历史是无法抹消的，因为它并不因为我们无视它便不存在，而今天与明天其实也无非是历史的进行时与将来时。

其次，阅读这些游记，我们还可以反过来认识那个时代的日本和日本人。因为如前所述，观察者（旅人、作者）的目光总会从被观察、被描述的对象身上反射回来，将他自己投影在阅读的地平线上；作者自身，他的民族身份（identity），无可避免地要折射在他的游记里。而从社会历史的见地去看，这些游记可以说从普通庶民的个人层面上，反映出那个时代中日两国，以及周边有关各国之间的关系，有助于我们正确地、具体地认识和理解那一段历史。

然而如果一味强调这样一种实用性的认识功能，则势必使游记萎缩成为单纯的历史资料。而其实，不言而喻，游记更应该是文学。虽然说学而时习之不亦乐乎，但我们的目的并不在于翻译教科书。出于这样的考虑，在卷帙繁多的游记文字中，我们将焦点聚集在了以著述为职业的文人们的作品上。此次移译的几部作品，其作者有小说家，有诗人，还有学者与报人，都是当世的巨擘俊逸，不惟才情过人，更兼见识出众，其思想、言说，都具有相当的代表性与影响力。而他们的文字，或隽永或犀利，很有可读性。

《禹域鸿爪》的作者内藤虎次郎，号湖南，1866年生于日本东北部秋田县的一个武士家庭，1934年去世。此人少时便有神童之誉，十五岁时，曾被选为学校代表，以汉文作了一篇“奉迎文”，欢迎当时的日皇明治，文辞华美，令满座震惊，被誉为“名文”。但因家境败落，学业难以为继，只得就读于免除学费的秋田师范学校。由于成绩优秀，按规定应学四年的课程，他仅用了两年便全部读完。毕业后，尽义务做了两年小学教员，还毕学费的债，他便“雄飞”到了东京，做过记者，当过政界人物的秘书，1897年赴其时已沦为日本殖民地的台湾，任《台湾日报》主笔，后又在当时的媒体巨子《万朝报》和《朝日新闻》供职。1907年成为京都帝国大学讲师，但因学历低，受到文部省官僚的排斥（据说当时的风气是，倘非大学毕业的学士，纵是孔老夫子也无资格去做大学教授），两年之后方被任命为教授。由于他和狩野直喜等几代学者的努力，京都大学终于成为日本汉学研究的圣地，在国际汉学界中也享有很高的声誉。湖南生前曾多次来华访游，而《禹域鸿爪记》[①]乃首次访华归国后写就，1900 年由东京博文馆出版。

内藤湖南于 1899 年 9 月 5 日从神户登舟，经芝罘入境，旋又买舟北上，在大沽登岸，游天津、北京后，折返天津取海路南下，在上海上陆后游览了杭州、苏州，再从上海溯江而上，游历了武汉、南京之后再度返回上海，泛海东归，于 11 月 29 日返抵神户，前后历时近三个月。在北京，他登览长城，在杭州，他泛舟西湖，在苏州则探访了虎丘、寒山寺，走的是典型的日本人所喜爱的旅游路线。但除了游山玩水，他还在天津、上海等地分别拜会了严复、王修植、蒋国亮、文廷式、张元济等名流，谈天说地议论时局，表现出对中国现状的关心。

与内藤湖南相比，谷崎润一郎、佐藤春夫和芥川龙之介三人皆以小说名世，并各自有作品被译成中文介绍到中国来，因而在国人中的知名度似乎要高一些。

---

① 编者注：收入本丛书《禹域鸿爪》一书。

谷崎润一郎，1886 年生，东京人，1965 年去世。少时家境贫寒，几至辍学，但因才华过人，周围的亲朋怜惜有加，解囊资助，方得以考入东京帝国大学，但终因滞纳学费，三年级时被勒令退学。谷崎曾两度来华。第一次是在 1918 年 11 月，谷崎经由朝鲜半岛进入中国，由北向南，历时约两个月，游历了江南一带，回国后写下《苏州纪行》，表现出对中华文明的倾倒和对中国社会现实的关切。1926 年 1 月至 2 月间，谷崎再度来华，这次他只游览了上海一地，结识了内山完造，并经内山介绍，结交了郭沫若、田汉、欧阳予倩等一批作家和影剧界人士，与他们进行了多次交流，归国后写了《上海交游记》等文。值得一提的是，在《苏州纪行》中，对在中国人面前骄横傲慢的日本同胞，谷崎毫不犹豫地表示了不悦和批判，与同时代的一些作家相比，可说是难能可贵。而《上海交游记》也记录了郭沫若、田汉慷慨陈词、控诉西洋列强鱼肉中国、倾吐身为中国青年的忧虑与苦闷的场面，并对之表示了同情。

除了这些游记，中国之行还带给了谷崎创作灵感，结晶于《西湖之月》、《秦淮之夜》、《鹤唳》等一批作品之中。始终以罗曼蒂克的、充满温馨善意的目光审视中国，这是谷崎润一郎有别于他人的特征。

与绝大多数日本游客不同，佐藤春夫 1920 年 6 月下旬来华时，他的目的地不是京津、苏杭等观光热点，而是日本游客相对而言较少涉足的厦门。佐藤春夫是由当时业已沦为日本殖民地的台湾打狗（今高雄）乘船来到厦门的，由一位在厦门长大、在台湾工作、会说日文的郑姓青年导游，游历了厦门、鼓浪屿、集美、漳州等地。在佐藤的笔下，厦门客店里的经历宛似侦探小说，鹭江的晚霞美不胜收，而饮酒、赏月的夜生活也被描绘得引人入胜。一曲《开天冠》所引发的对中国传统音乐独辟蹊径的议论与阐释，则充分展示了作者诗人的一面。漳州之行的所见所闻，对陈炯明在漳州所作所为的介绍，虽然难免道听途说、管窥蠡测之虞，但仍有助于读者了解往往为近代史主流研究所忽视的一段史实。这些见闻均记录在《南方纪行》一书中，1922 年由新潮社出版于东京。

佐藤春夫 1892 年出生于和歌山县，庆应大学中退。中学毕业后曾入盟由与谢野铁干、晶子夫妇领导的著名的“新诗社”，直接受到两位大诗人的熏陶。早年学写诗，后来则主要创作小说，但终生不曾放下诗歌创作的笔，《殉情诗集》是一时洛阳纸贵的名篇。他与谷崎润一郎本是朋友，过从甚密，但一来二往之间，却苦恋上了谷崎夫人千代子。1930 年 8 月，谷崎、千代子、佐藤三人联名致函各位友人，宣布千代子与谷崎离异，同相思了多年的佐藤结婚，这便是轰动一时的“谷崎让妻”事件。《南方纪行》中所收的《朱雨亭其人及其他》一文中所谓“与有夫之妇，且是朋友之妻的女人堕入情网”，说的便是此事。敢于做出这种当时被视为“不道德”的行为，可见三位当事人的不为传统道德观念所束缚的勇气。佐藤基本上不失为一个独立思考的自由知识分子，也很热爱中华文化，他还曾出版过一部很有影响的译诗集《车尘集》，译的全是中国古典诗歌。他也是鲁迅的小说《故乡》的第一位日文译者。但在战争期间，佐藤春夫还是表现出在作为文学家之前他首先是个“日本人”。他甚至写过类似“劝降书”的文章，劝告中国人放弃“先进文明同化后进文明”、历史会重演的幻想，说这次不同于以往，日本人乃是带来先进文明的征服者云云，为自己涂抹下了洗刷不掉的人生污点，而这也是那一时代大多数日本人难以逃脱的宿命。

周公恐惧流言日，王莽恭谦未篡时。想到这一点，不禁在感慨认知、评价历史人物困难的同时，也感到历史人物处于强大外力压迫下人生营为的不易；甚至会觉得像芥川龙之介那样以非自然的方式中断生命，从避免了要与自己祖国发动的侵略战争进行合作，从而逃脱了要面对后人道德断罪的尴尬这一角度来看，竟不失为一种至福。

芥川龙之介，号澄江堂主人、我鬼、夜来花庵主等，1892 年生于东京，1927 年服过量安眠药自杀。此人素有短篇圣手之誉，俳句也写得臻于化境；早在东京帝国大学英文科就读时，就以短篇小说《鼻子》获得文坛盟主夏目漱石的激赏，一生留下了大量珠玉之作。芥川于 1921 年作为《大阪每日新闻》（《每日新闻》的前身）社的海外视察员来华访问，由海路自上海入境，周游江南一带后，溯江而上，遍访芜湖、九江、武汉、长沙，再驱车北上，游历京津一带，最后经由朝鲜半岛回国。一部《中国游记》（改造社 1925 年出版于东京），记录了这次历时四个月的漫游中的见闻与感受，处处表露出作者的博学和睿智，以及对现实的敏锐洞察。最引人注目的，还是芥川对当时英美帝国主义在中国飞扬跋扈的揭露，而这在同时代的游记中，是少有具体言及的。

村松梢风可以说是以上海为卖点（selling point），赖写上海而赢得文名，并因写上海而为后世所记忆的作家。尽管他也写过不少小说，但其最著名的作品，恐怕还是以《魔都》为代表的一批描写上海各色人等的生活形态的游记。村松 1889 年生于静冈县，1961 年去世。本名义一，梢风是他的号。1923 年他第一次来上海旅行，即被上海的魅力吸引，从此几乎每年都要造访中国，发表了许多以中国大陆为舞台的散文和小说。他称光怪陆离、妖艳多姿的二十世纪二十年代的上海为“魔都”，并以此为题于 1924 年出版了第一部关于上海的著作，以充满好奇的目光观察赌徒、娼妇们的生态，强调东西文化大熔炉上海的异国情调。梢风描绘的上海形象影响、吸引了好几代日本人，他所杜撰的“魔都”一词，在日本遂成为旧时代上海的代称。梢风还出版过《新中国访问记》（1929）、《热河风景》（1933）、《中国风物记》（1941）等多部访华游记。

在这些出自日本人之手的游记作品中，我们会读到一个有趣的现象，即作者们在众口一词地对中国的传统文明、文化遗产表现出莫大的倾倒与敬佩的同时，又几乎无一例外地对中国的社会现实投以批判的眼光，甚至露骨地表露出厌恶，言辞有的还会相当尖刻。这类厌恶与尖刻的深层，固然不无挤入列强之列、做上了“一等国”人民的日本人日益膨胀的民族优越感，以及产生于这种优越感的对邻人的不逊与轻侮——而这其实正是我们的历史学家们每每爱说的“一小撮军国主义分子”“狼子野心”能够得逞的群众基础。倘使罗马帝国里只有恺撒等“一小撮人”是帝国主义分子的话，则那个庞大的罗马帝国恐怕根本就不可能在历史上出现。但平心而论，当时的中国鬼蜮横行，腐败成灾，饿殍遍野，民不聊生，差不多已经到了穷途末日，原是有目共睹的事实，不论这双目是生于华胄的脸上，还是长在夷狄的额下，也不论其眸子是黑色的还是蓝色的，抑或是别的什么颜色。记得从前读郁达夫先生的游记，其中也有这样的文字：“江南的风景，处处可爱；江南的人事，事事堪哀。”“江南原说是鱼米之乡，但可怜的老百姓们，也一并的作了那些武装同志们的鱼米了。”“这十余年中间，军阀对他们的征收剥夺，掳掠奸淫，从头细算起来，哪里还算得明白？”“逝者如斯，将来者且更不堪设想，你们且看看政府中什么局长什么局长的任命，一般物价的同潮也似的怒升，和印花税地税杂税等名目的增设等，就也可以知其大概了。”这篇题为《感伤的行旅》，作于1928年底，即芥川来游的八年之后，梢风访沪的五年之后。“这十余年中间”云云，可知达夫先生所意识的中国现实，应与梢风、芥川等人所目睹的现实相交叠。而深谙国情的达夫先生在发完牢骚之后，也没忘记自我解嘲两句：“啊啊，圣明天子的朝廷大事，你这贱民哪有左右容喙的权利！”然而解嘲归解嘲，面对这样黑暗污秽、腐朽透顶的现实，作为身受其害的当事人，我们中国人自然无法视若无睹，甚至琢磨着要用革命这一最激烈最暴力的手段去改变它——芥川龙之介来华的1921年，正是中国共产党在上海宣告诞生的那一年——莫非我们反倒真的要求外国人“且细赏赏这车窗外面的迷人秋景罢，人家瓦上的浓霜去管它作甚？”（《感伤的旅行》）甚至还要人家来为这黑暗的现实跌足叫好方才心满意足么？ 这样的心态岂不荒谬可笑？

最后还有一点需要在此略加说明。我们的译本中所用的“中国”一词，原文中几乎无一例外统统写的是“支那”。我们认为，中文里从来不曾有过“支那”一词，因为它不是中文，故此需要翻译。日本用“支那”作为正式名称称呼中国，当始于1911年辛亥革命成功、中华民国建立之后。在此之前则称中国为“清”、“清国”。至于非正式地称中国人为“支那人”，则要更早一些。由于日本同中国一样，也使用汉字，所以中国的国号可以直接以汉字名称通，如“唐、宋、元、明”。何以到了“中华民国”时，日本一改以往直接使用汉字原名的习惯做法，别出心裁地要另外替中国取名“支那”（甚至在外交文书中，当时的日本政府也称中国为“大支那共和国”，而不用中国自己的汉字国号）呢？ 这恐怕是因为此时自以为国力已足够强大的日本，无法容忍中国继续妄自尊大，自命为世界中心之国的缘故。而“支那”一词，乃是模拟西文的译音。如英文的China，法文的Chine，德文的China，意大利文的Cina，西班牙文的China之类，据说原是中国古称“秦”的讹音。盖国与国的交往一如人与人的交往，尊重对方应是礼尚往来的前提。而以对方自己为自己所取的名字呼称对方，则是最起码的礼貌。倘若对方自名“张三”，而我们偏偏不称他“张三”，而是蛮横地硬呼之为“李四”，甚至“王八”，那么显然是有意污辱对方，毫无友好交往的诚意。而当时的日本官方，无疑是缺乏与中国友好往来的诚意的。至于连普通的日本百姓也人人称中国为“支那”，则只能说明“广大的日本人民”在这一点上也是不假思索地响应了政府的政策了的。当然，应当庆幸这一切都已经变成了历史。但不可不注意的是，时至今日，在日本仍然有那么“一小撮人”，犹自坚持以“支那”称呼中国。而日语中东中国海（East China Sea）、南中国海（South China Sea）的正式名称仍然为“东支那海”和“南支那海”，只是不再使用“支那”这两个汉字，改以片假名代替而已。我们愿意能有更多的国人正确地认知这一事实。

作为译者，我们希望我们的译作能够为我们中国人正确地认识自己提供一点线索。同时也希望，它们能够为真正的理性的中日友好做出微薄的贡献。但我们最希望的，还在于能够为诸位读者在劬劳之余，带来阅读的乐趣。

1998年10月于呷奔国暗疏乡

小引

《南方纪行》漫录了一九二〇年六月下旬至同年十月上旬著者的旅途见闻。此卷是《厦门采访手札》，为其中一半，后半的《台湾漫游记》与读者约好将于近期付梓。《厦门采访手札》卷由于著者的原因曾分载于《新潮》、《野依杂志》、《改造》等各杂志上，故而或文体缺乏一致，或多有记述散漫、重复之处，而著者的疏懒则未有多少改变，于此伏乞读者的宽恕。

一九二二年三月下旬

著者　识

厦门印象

我由台湾的打狗乘船去对岸的厦门。天气阴沉，港口山上预报暴风雨的红旗，刚才嗖嗖地从旗杆上高高升起。举目望去，湾内虽是风平浪静，但看着默然下垂的那红旗，我仍不免有些担心。于是，我询问了前来打招呼的事务长。

“嗯，是听说有暴风雨。但这最多也就是二十个小时的航程，而且现在出航的话正好能避开它，到达对面时，台湾才起风浪。”

——他说的简直像是预先与暴风雨商量过似的。

作为我的向导一起来的，是在这个港口——打狗开牙科医院的我中学时代的老朋友东君的学生小郑。这位青年虽是依靠姐姐姐夫居住在打狗，但却是生于厦门、毕业于厦门的中学的小伙子。

他此前曾三次渡过台湾海峡，说是夏季绝无风浪，这使原先对乘船毫无信心的我同意乘船。既已乘上，也就无可如何，反倒决定安下心来。就这样，待船开动以后，当八九名一、二等舱的乘客都在甲板上时，我也虚张声势地与大家一起坐在了那里的藤椅上。不知何时来到甲板上的一名十分惹眼的台湾人正立在那里。——台湾人并非洋人，乃是台湾籍的中国人。因为在国内有不少人弄混这十分清楚的事情，所以特此说明。

那位台湾人是一个二十四五岁的青年，尽管另外有不少台湾人在船中，但他之所以特别引人注目，则在于他那风采。粗麻布的白色夏服的上衣，在两胸和两胁上，有用纽扣扣的带褶的外口袋，腰间从背后向前缠绕着一根带子——这是狩衣的制法，而里面的轻便衬衣上则垂下一条长长的黑缎领带。白麻的狩衣就相当地妙了，然而岂止如此，站在船的甲板上，他却脚蹬一双过膝三英寸的乘马用的黑色长靴。说到帽子，更为有趣——就像电影里的西部片中出场人物那样，他头戴一顶檐宽一尺、高顶的台湾巴拿马帽，里面可见闪烁着油光的浓密的长发。此外，他还架着一副又大又圆的眼镜，镜片是墨绿色的。像这样，不是多少有些滑稽、夸张么！如果这是一位长有快活面孔的人物的话，大概看起来像堂吉诃德式的、有些滑稽可笑的大旅行家吧。然而，这位青年不知为什么，与这服装是那么微妙地相配。在他那台湾人特有的肤色——微黑的、晒了日光的脸上，似乎长着实际上不知有否的麻子，又因为是一张有些脏的、阴森的男人的面孔，特别是那很大的墨绿色眼镜，更给我一种怪异的印象。这么说来，似是侦探小说中出场的那种不安定的、有可疑感的人物——而他又是那样特别扎眼，一旦有什么动静，不是会马上被捉住吗！然而，这个男子和我的同行者小郑看起来却似是老熟人，两个人在亲密地交谈着什么。

“这位是台南的商人，我的朋友。”

“啊！”可能因为那位男青年不懂日语吧，所以小郑用英语，但也不像郑重介绍似的，把他介绍给了我。于是，我看了看这位台湾人以一种殷勤的样子给我的名片——原来其人姓陈。我不便沉默，又因为他所引起的好奇心，所以就问道：

“您是做生意的吗？”

“嗯，做生意，是做大米生意的。”

他的日语，即使是在台湾人中，也是属于非常糟糕之列的。

“您在厦门打算待很久吗？”

“嗯，常去。”

“这次打算什么时候回来？”

“大概住十五天左右回来。”

这时正逢船出港口之际。这是个狭窄的港口，船的两侧不过三十多米，因为风急浪高，船体马上剧烈地摇晃起来。这种情形再下去我可受不了，我终于忍受不住下到船舱躺下。不一会儿，小郑也回到客舱。船即使已出了港口，也还是摇晃得厉害。

“昨晚想必很累了吧……”

“好像浪很大呀。”

“嗯，台湾从昨晚到今天一定不得了了！我们不过是稍稍受到一点余波。想必给您添麻烦了！平时夏季是一点风浪也没有的。哎，但总算正好避过了。”

我一边听船长说着这样的话，一边向下看着乘小汽艇登上船来的检疫官对二、三等客舱的乘客进行检疫。在低一阶的甲板的两舷上，人们在排着队：左边是三等舱的旅客，右边是二等舱的吧。哪一边都全是台湾人。在二等舱旅客的队列中，刚才说过的那位装扮过度的青年杂处其中，显得特别惹眼。检疫官是一个身高近两米的大腹便便的男人，可能是个英国人吧，白色立领制服之上，带着一顶头盔。不一会儿，他登上我们所在的高甲板，逐一看了一下大家的脸，叫了一声“好了”，便走开了。

检疫官的小汽艇分开喧闹的白色浪花归去了。也许是因为天空阴沉，海的颜色如同混浊的泥水一般。我们的汽船已鸣了一次笛，一面看着左侧大小各异的小岛，一面向港的深处驶去。在右面，形态不断变幻的厦门岛渐渐清晰。穿过巨大裸露的岩石，便能看到各处耸立着的岛屿。在最陡峭的岩石下方，有一排红砖造的洋房，这便是厦门的街市，比想象中要破旧一些。左侧有座大的岛屿，这便是鼓浪屿。厦门是乍一看有些荒凉的岛屿，而鼓浪屿却被绿树环抱，葱葱郁郁。在我身边的小郑，一边聊些没用的事情一边在给我讲解。他的父母以及其他亲人如今都不住在这里了，但即便如此，也能感受到归乡之人那种久别重逢的欣喜。而我的心中却怀着旅人般终于到达目的地而感到新鲜的喜悦。

驳船慢悠悠地向船舷聚集而来。因为风浪很大，小船在海浪上轻巧地跳跃。刚以为小郑在人群中不见了，就看见那个好似从侦探小说中走出来的青年小陈煞有介事的模样，原来小郑是去找他了，正站在小陈的身边。小陈手里提着红色的大行李箱，小郑提着藤编的篮子，我提着一个黑色的包。小郑麻利地跳上一艘小船，我跟着跳了上去，小陈随即跟上了我们。我们的小船离开了主船，和我们一样急于上岸的乘客们在小船的中间划桨前进，直奔岸边，又沿着陆地划向码头。岸边石墙的墙根被海水冲打着，其正上方矗立着一幢房子，有“客栈”的招牌。在另外的房屋上，几乎所有的墙壁上，都是种种香烟广告——由于风雨的剥蚀，褪了色的图案、文字等，被涂补得斑斑驳驳。其中，像海盗啦、傻子啦、孔雀啦，那些我在孩提时代看到过的家里的车夫们吸的香烟的牌子的图案竟然也有，真想不到在这里找到了有趣的回忆的题材。香烟广告仅仅在墙壁上看来还不够，在很多房子的后面突兀的巨岩上，也雕有大字的海盗牌香烟广告。在这种被当作香烟广告牌的沿岸的成排的房屋之中，也间杂有不少完全没有那种醒目东西的稍大的房子。这种房屋的某一间中——当我不经意向上看时，却发现了美妙的东西——是一位穿着鲜艳的藤色上衣的中国少女，她正从二楼走上阳台。看上去她心情轻松，绽放着灿烂的笑颜，眺望着大海。突然，她向阳台那奇怪的藤蔓样的铁栏杆外，有些危险地弯下纤细的上半身，向下面看着什么——她好像向在地面上玩耍的猴子摇着一只手，然后又赶开它们——是猴子！我这样想着——我那样自然地感觉着，但为什么会这样想呢？我却不知道。实际上，在地面上的被少女逗玩的也许是狗、猫之类吧，也或许是小孩子——这我不知道。正当我想证实我的直觉的空想时，我们的舢板因为过了接近那所房子的石垣，因被石垣遮住了视线，看不到了。是猴子！我断定着。作为对厦门的第一印象，竟是那家阳台上的藤色少女所逗弄的东西——怎么也不能不是猴子——这是我后来才想到的事情。那向海的、带阳台的人家，据说就是我后来因被人邀请也曾去过的、号称厦门第一流茶园的东园这样的地方，那逗弄"猴子"的少女，就是那家数名可怜的侍应生中的一人吧。

一个苦力拿着三件行李——小郑的、小陈的和我的，我们大家走进一家旅社。那家旅社的掌柜模样的男人领我们上了二楼看房间——那是一间昏暗的、完全不通风的六叠大小的房间。小郑和小陈商谈着什么，然后小郑又与掌柜的说了什么，接着吩咐苦力从二楼下来。“贵些的好房间没有了。”——小郑这样简单地向我说明。于是，我们再次走到大概不足两米宽的石板路上。看上去蛮热闹的街道上，到处是杂货店。步行中，我们看到有卖鱼、肉的店铺，也有在店头挂着旧衣服等的铺子，这里大概是厦门的二流街道吧。分开狭窄道路上的行人，迎面来了一顶轿子，一名戴盔形帽、着西服的绅士坐在上边。东洋人虽无什么不同，但我觉得他既不是日本人，也不是中国人——似乎挺复杂，譬如也许是马来人与中国美人的混血儿什么的吧。其人具有学者般的清瘦风貌，稀疏的腮须和高高的鼻梁是其特征。这人大概有三十七八岁吧……——就这样一边看着没什么关系的那人，一边行走时，小郑咚咚咚地进了一幢房子。这里也是旅馆吧。穿过足有二十多米长的狭窄的土地房屋，尽头是沙龙或食堂似的大房间，里面有十副以上的桌椅等。此外，两壁下还有很多椅子，十五六个客人各处或坐着说话，或一个人在打盹儿。厅堂前边有一似是账房的设施，其对面是呈U字形的楼梯。这处位于临街房子背后的旅馆——穿过那二十多米长的土地房后，是可以来到这临街房子的后面的。那临街的房子和后面的这个旅馆，由平平的房顶连接在一起，房顶也就成为露天凉台。账房就在其下，而沿U字形楼梯即可来到凉台上，然后进入大堂。大堂的三面都有客房。坐在账房里的男人让我们看了其中靠边上的两个房间。窗户朝凉台方向大开着，故而很亮，但正因为如此，其肮脏样儿越发显眼。房间的天花板上，四面墙角满是蜘蛛网，由于积蓄了灰尘而变得一团黑。又因不堪灰尘重量，成了灰吊的东西，从天花板上耷拉下来。靠墙安放着一张床。窗子下面，与像是紫檀木的旧四角小桌相对的，是两把没有靠背的木椅子，另外还有两把大椅子。除此之外，墙壁中央安有向两边开门的壁橱样的装置。墙壁上用大字题写着五六个什么字，其下挂着一幅喜鹊牌香烟或之类的广告招贴，三色版的上海风俗美人已是烟尘满面。

这就是南华大旅社的特别优等的房间。只房费一项，一天就要银元一元八十钱。结果，我们还是入住了这家旅馆。我在一天的房费外又付了五十到七十钱，也让他们把小郑的床安放在这个房间；而陈姓青年则租了与我的房间隔了大堂的对面的房间。我的房间有八叠大小，他的大概有六叠左右吧。

按本地风俗，我就着猪肉和什锦酱菜，吃了简直像米汤一样的芋头粥。其价值大概三份要十五钱左右吧——小郑是这么说的。

为把日本货币变成中国钱，我去了一趟银行。据说今天银元变贵——每一元为一圆（日元）五十八钱，因此，我只换了五十圆。我是在新高银行的厦门分店里换取的。小陈去的是靠近英国海关的海岸边的台湾银行，多半是预先带来了那家银行的支票什么的吧。陈在换钱时，我虽然知道是一个臭毛病，但还是由于好奇心，在旁边一边看陈数着纸币，一边计算着数量。有三十多张吧——大概相当于金币的五百元。此外，一圆的银币也有几块——陈一块块地数着，一边将它们扔向受理处的板上，以其声音辨别真假。

从银行回到旅馆时，在那个大门口狭窄的土地房间里，放着一顶与刚才路上撞见的一样的细长轿子。待顺着U字形楼梯上去时，刚才在路上见过的那位坐在轿子里的、有腮须的绅士——一位个子又高又好看的男子，从上边一面用毛巾拭着额头，一面想下来。因为楼梯狭窄，所以他正在等我们上去。看来，这位有着特异风貌的绅士，也投宿于这个旅馆。

这是入住这个旅馆的第一夜。小郑说要到鼓浪屿去瞧瞧亲戚，并且他曾预先写信给他的中学同学、现在任那里养元小学校长的周君，问能否借用该校职员值宿室——因正值暑假，那里应该是空着的。如果可能的话，还是尽早定下来的好。说完，他就出门去办理此事了，临出门时又对我说：今天晚上回来得晚，我去拜托小陈照顾你。他是四点钟左右走的，到了六点时，被撇下的我独自一人，因寂寞和不安，多少有些受不了。于是我就去小陈的房间看看，推推房门，但是推不开，他可能是外出了吧。但房门外面并未上锁，那肯定就是从里面锁上了——这家伙大概还在睡着吧。这样想着，我又回到了自己的房间，上了那个像台子似的睡床，躺了下来。不时有旅馆的侍者来瞧我的房间——一定是来问订不订晚饭的，但一定也知道言语不通，所以就又回去了。我也没什么办法，现在如果小陈起来的话，就可以一起吃吧——我一边这样想着，一边等在那里。然而，不知怎么搞的，小陈就是没出来。我走到凉台，从位于U字形楼梯旁边的小陈房间的窗子往里瞧，暮霭中什么也看不清楚。

到了掌灯时分，再到窗口去看——灯虽亮着，但窗口已扯上了黑色的窗帘。令人尴尬的是，尿意甚急的我，却不知道厕所的所在。幸亏这时正好看到那位有腮须的绅士，正在往我房间窗户附近的凉台上满不在乎地解着小手。我多少有些惊讶，但也那样做了。事后知道，往哪里撒尿都不用回避。解了小手，这下我再也忍受不了饥饿了，就向大概已是第十遍来瞧我房间的侍者命令道：

“把饭拿来！”

这是我偶然记住的十句左右的厦门话中的一句。尽管是怪怪的发音，但因为正值这个时间，所以好像马上就沟通了。于是，侍者向我说了很多，好像在问都需要准备些什么。但我自说了第一个字以后，就预想到会有这么一个场面，所以早下了决心，不论被问什么，只管沉默，对方一定会想到拿些什么来吧。果不其然，最终还是达到了这个目的。我尽管有些焦躁，但还是一个人吃完了饭。有放浪癖的我，这时不得不考虑些故乡的事。

到了八点半左右，小陈终于向我房间打了个照面——

“稀里！”他说。我觉得他说的像是“失礼”。

小陈那一脸过于认真的样子，我感觉像是刚刚进行了性行为。

“吃过饭了么？”我问。

“吃。”他回答道。以他那种程度的日语，这回答是吃过了呢，还是就去吃呢？莫名其妙。

“您可是实实在在地睡了一觉啊！”

小陈流露出似乎不明白我在说什么的表情，什么也没回答，只是再次说了声“稀里”。由于太寂寞，我还想再多说些什么，可是他从我的房间门口离开了。但马上，他又折回来，再次从门口说：

“小郑不回来。”

“嗯，还没回来。”我想小陈是说：“小郑还没回来？”就那样回答了。

“不不，小郑现在——明天……现在……”小陈着急地摆着手说，“小郑、鼓浪屿、今晚睡。”

小郑好像对小陈预先说了：“今晚住在鼓浪屿。”这晚，小郑果真没有回来。我一个人虽有些不安，但因为确实累了，所以也睡得很好。

到了入住南华大旅社的第二天，已经下午三点左右了，小郑还是没有回来。小陈早上和中午都过来一起吃了饭。三点左右时，小陈还是一身原先的、夸张的、侦探小说中似的装束，来到我房间。

“我去朋友那里。”他说。

我又要被一个人放着了——我正这样想着时，小郑突然回来了。“小周已答应让我租学校的房子，明天他们派人到这边来接我们，我还遇到了好久不见的朋友。今天的浪很厉害，天气阴沉沉的，大概要有风雨吧。据说台湾有暴风，两三天后这里也一定会起风，会向台湾猛刮……”——小郑喋喋不休地一个人说着。本来，我有点儿生这个人的气，但一见面，再加上他说遇到了好久未见的朋友，我也觉得不能勉强他吧，所以也就不生气了。正说着话的时候，窗外稍稍下起雨来了。在变暗了的房间里，我想应该要早些打开电灯，这时，暮霭中传来一边拥上楼梯，一边说话的声音——大概是小陈带着两个人回来了。他摸索着他房间的锁，打开了门。灯刚一亮，小陈就从外面对小郑打招呼，小郑去小陈的房间说了一阵子话。虽然主要是因为言语不通，但我总觉得只有我一个人被当作外人了，怎么也高兴不起来。小郑回到房间里来，对我说：“我们和他们一起吃饭吧。”

小陈的房间里摆出了一张特别大的圆桌，上面有四盘菜。客人是两个三十三四岁的男人：一个块头大些，一个小而胖。大个子说姓谢，在某个医院里——具体干什么我没有问他；小个儿说姓马，在一个什么公司工作。一共五个人，我们开始吃了起来。啤酒有好多，差不多一打，放在墙角里。他们很能喝酒，我也被强灌不少。一个人想喝的话，其他人即使只抿一口，也要附和着——这是他们的礼节，我记住了。但因为一开始按礼节做了，所以到后来一不这样做，他们就勉强你。他们渐渐有了些醉意，话也多起来。谢、马皆为台湾籍人，但似乎长期住在厦门；姓谢的男子说自己多少也读过些书。这样，从对话中，喜欢吹嘘的小郑，就把他的同行者介绍过了。小谢通过小郑翻译，向我说了一大堆话，像小说是有益的东西啦。中国也只是在现今不如日本，而以前也曾有过很好的文学啦。先生您对历史有兴趣吗？中国的历史非常有意思，我三国史、《十八史略》、《春秋》什么的都读过，因而都知道。如果要问我，不管什么，我都可以回答啦……这位小谢，是一位过分殷勤的男人。因为他说了很多，我什么也不说的话也不礼貌。但我稍稍说一点儿什么，他就总是“是啊、是啊”地随声附和，过分客气了。他不只是对我，对其他人也是如此。大概是因为小谢这样说，已经有相当醉意的小马，好像有意要与多少有些卖弄、炫耀学问的小谢对抗似的，这么说道：我虽然没啥学问，但什么都知道。譬如厦门什么地方有什么样的私娼啦，什么人家有什么样的艺妓啦。如果是这种事，尽管提出来，因为我什么都能答得出。一边说着，小马就笑了。因为小郑把这话译给了我听，我也忍不住笑了。于是，小谢对我说：今晚等会儿一起去听艺妓唱歌，怎么样？不要紧的，不会推荐你去下流地方的……

我当然婉言谢绝了，因为我稍稍有些醉了，何况我本来就不嗜酒善饮，已经不高兴再动了。虽然如此，他们确实想带我出去。看到我在找各种借口谢绝，他们就从我房间里拿出了我的上衣、帽子、洋伞等等，硬拉着我走了。想来即使我不去，反正他们也要出去的吧。比起一个人被撇在房间里的那种不安的寂寞的滋味，倒还是去看看他们如何找乐的好。于是最后，我如此决定了。在猛下的大雨中，我一边当心石板路上脚滑，一边走到不怎么远的一幢房子。这是一家有艺妓的馆子，她们一点儿也不漂亮，歌的好坏于我也是风马牛不相及。我斜靠在安放于房间一隅的床上，用一只手勉强支撑着没什么业余爱好的身子，一边用不擅长的动作嗑着三五个女孩子一小把一小把给的瓜子，一边百无聊赖地看着一面让女孩子唱歌——但却并不听，只让她们坐到膝盖上，然后再驱走她们的小陈一伙。我深深体味着此时作为一个异邦人的心情，我想自然也就苦着个脸吧。也许是出于对我的客气，他们不一会儿就决定回去了。

外面的雨虽说是变小了，但取而代之的是风刮得更猛了。他们对外国人的我已什么都不说了，反而用他们的土话——我绝对是听不懂的——在说着什么。来到那南华大旅社的前面，我想他们都会回到里面去吧，但是，他们只是站在那里而不进去。我一边收起洋伞，一边催促小郑，一个人步入了那狭长的土地房屋。小郑用我听不懂的话向他的伙伴们说了两三句什么，然后跟随在我后边进来了。我们登上已说过的那U字形的楼梯，来到了房间。我的醉意已经完全消失了，一边筋疲力尽地将自己的身体坐向床上，一边感到房间空气过闷，因而马上脱掉了上衣。而小郑不知怎么搞的，只是直挺挺地站在门旁，带几分安定不下来的表情。终于，他说道：

“你一个人睡吧。”

“哎？你呢？”

“我必须出去一下，因为他们说在等我，但我马上会回来的。”

小郑就这样留下这些话，快步出去了。今晚，依然想让我以不安的心情，在语言不通的人们中间睡下吧。一想到这，我对小郑不体谅人的做法未免有些生气。本来我就没想跟着他们去哪里，他们对我也有些拘束，即便如此，小郑这个家伙仍然不体谅我——真是个缺乏想象力的人。说到底，不热情是缺少想象力的重要原因吧。在这陌生的地方，连一个认识的人都不在身旁——因为连小陈也不在——再加上言语不通……即使这些还被认为不要紧的话，那么，在对日本人的反感十分强烈的今天的这个时候、这个地方……

我这样想着，感到酒后变得有些神经质的自己的想象更加难以应付。——实际上，现在，不论是谁偷偷潜入到这里，不！哪怕大模大样地进来，无论向我提什么无理要求——要钱的话，我是一文也没有。我信任小郑，信任了很难予以信任的小郑，把所有的钱都托付给了他。此时，若有什么不测，因为言语不通，两方一点儿也没有办法判断对方的意思。在这种情况下，假使我被杀了，连尸体都被投进海里，在厦门也是毫无办法……我歇斯底里般地想着这样的事，连不知为何事来到大厅、用中国人特有的大嗓门说着什么的侍应生的话，也不知怎么感到是在骂我。那名侍者有没有什么事我不知道，但显然，他没从那里离开，继续在骂着什么。

我为了从那种癔病般的心情中逃出来，很想睡一觉，但这益发引起神经兴奋，所以我索性睁开了眼，一翻身，感到脊背上被什么东西硌了一下，有些怪怪的疼痛。用手一摸那里，床席只在我被硌处稍稍凸出来一点点儿。因为怪怪的，所以我不由得坐了起来，重新把刚才因为影响睡觉而关掉了的明亮电灯打开，并把那席子卷起来一看——不知怎么回事，一小截圆骨头从那里露了出来。这个出人意料的东西，仔细看起来像猪的脊骨。我想这一定是侍者或什么人搞的恶作剧，也许是那个在烧菜的地方逗弄狗的家伙，看我是个日本人，做的这种怪事吧。我一脚把那可恶的东西踢进了床底下，并再次关灭了电灯，不由思索起在这个地方日本人名誉不好、不受欢迎的事来——就是昨天散步的路上，在某个街边的墙上，大书有“青岛问题普天共愤”、“勿忘国耻”等等。另外，也有关于排斥日货的，如“勿用仇货”、“禁用劣货”等等。

“这小子是日本人！”也碰到过一边这样说着，一边来撞我的醉汉……

这时，外边的风雨，有了变得益发强烈的迹象。终于，我有些想入睡了，然而此时却有蚊子钻进了床里。中国的床，以它前面垂下的冷布制的帐子作为蚊帐。我放下帐子，用脱下来扔在那里的上衣在床里胡乱地扇，以把蚊子赶出去。然后，我特别注意让两边帐子重合——为了不让其松弛，我用包压住了它的边——因为我认为蚊子是从这些缝隙中钻进来的。做了这些以后，我重新躺下。但没过五分钟，蚊子又一边哼叫着，一边在我耳朵边飞来飞去。它们是从哪里进来的呢？我起来察看床的角角落落：原来，床顶张着的冷布，那因为灰尘而变成鼠色的帐子，已经破烂不堪了。这样，我对赶出蚊子自然也就死了心。我也不知道我是什么时候睡着的，却忽然被敲击在插上了很粗实的门栓的我的房门上的“咔嗒”、“咔嗒”声弄醒了。

“是小郑吗？”

“是我。”

我打开门后，什么也没说就又钻进了床里——我是不想与他说什么了。枕边的怀表已是一点半了，地上还有刚才的猪骨头。

第二天，养元小学校长小周冒着小雨前来了。因为是小郑的同学，所以也只是一个二十四五岁的青年。在这个地方，即便只是中学毕业，也算是很有学问了。因此，像这样的年纪，已能成为一个具相当规模的小学的校长了吧。于是，我们退了房间，去借住他学校的一间房子。然而，前夜睡在外面、到今天下午才回来的小陈，已与小郑商量好了似的——反正什么都没跟我商议——好像也打算成为我借的房子的一员，还是穿着那套夸张的服装，拎着衣箱，跟在我们的后边。强风刮了一夜，已停了下来，空中云散，雨也住了。在去鼓浪屿的舢板上，我一边斜视着小陈，一边对小郑说：

“天气好的话，我们去游览吧。不然，日子真没法打发。”

“是的，是这样。”小郑虽是这般答应着，但看到那种过分认真的样子，我也不是没有感觉到他那难以理解的内心，这也还是相互皆为他国人之故吧。

然而，小陈并没有和我们一起住在养元小学，他只是把行李箱放在了那里，马上就去了不知哪里。那天晚上及其后的夜里，他也没有回来。

“小陈去哪儿了？”我向小郑打听。

“我也不清楚，”小郑这样回答道，“但肯定是去了上次的地方吧，他好像看上了那个女人。”

“哪个女人？”

“前两天的晚上，你没去的那家的女人，是个私娼。我是不会住那样的地方的，我只是一起去喝酒，就我一个人回来了。”小郑解释说。小陈不住在这儿以后，小郑才成了我的好向导。自那，小陈再没露面。我想起他的事，便又向小郑问道：

“小陈到底是在干什么呢？这么好几天啦！”

“我不知道，”小郑答云，“但肯定还是住在那个窑子里吧。”

“住那么久么？！”

“是的，一定还在，肯定还继续睡在那里——因为他抽大烟。”

由小郑这一说明，我想起了在那个南华大旅社的第一夜，被小郑撇在那里时，我所知道的把自己关在房子里半天的小陈，还有那愣愣地、以呆滞的表情瞧我房间的小陈，以及当我无心地问“您可是实实在在地睡了一觉啊”的时候，对我的话一副茫然样子的那个小陈——他的秘密我完全明白了。

“厦门有很多鸦片窟吗？”

“到处都有。”

“真想去看一下啊！能去吧？”

“是去抽吗？”

“不抽，只是想去看看正在抽的人。”

“下次去看看也可以，如果觉得哪里好像怪怪的，默默地进去就行了。如果搞错了，在那里被追问来干什么的，就退回来，也没关系。如果不大会找的话，就要跑好多的路。那种地方十分龌龊，有家的人都在自家抽，不然就在私娼的窑子里抽，在鸦片窟抽的人都是无家可归的。他们衣着褴褛，有的就睡在地上，那里面不论是地面上，还是墙壁上，到处是吐的痰、唾沫等。”小郑①为了补充英语词汇的不足，皱着眉模仿到处吐痰、吐唾沫的样子给我看。于是，我再次问道：

“你去过吗？”

“嗯，去过一次。只是去看看，一进房子就头晕目眩。”

---

① 译者注：原作为陈，似应为郑。

小郑做了个目眩的表情。

在我们这个对话以后过了两三天，小陈突然提了一个小包，出人意料地回到了学校。他好像在学校很多的房间中，一个一个地找小郑。因为只发现了我，他便对我说：“小郑在哪里？”

我看到小郑一来，小陈便把小包保存在小郑这里，马上又走了。此后，我再没遇到小陈，因为他在我们入住那里以及其后的一个礼拜左右时间中，再没有回来过。小陈的大小两个包，就那样被留在我们借住的房间的角落里。里面装的是什么，也不得而知。

即便是后来已回到台湾的打狗，每当想到在厦门的台湾青年小陈那滑稽、夸张的服装，使人感到不快的殷勤的态度及好像过度放纵的行为时，我总要向小郑打听：

“小陈怎么样了呢？”

“我不清楚。”小郑一定会如此回答。

不知是第几次了，我想起来又问小郑：

“小陈已经回来了吗？”

“我不知道。”

在听了“我不知道”以后又过了两三天，小郑像想起来似的，从口袋里拿出一张明信片给我看，一边说：

“这是从小陈的台南的母亲那里寄来的。”

我粗略地看了看这张用中文写的明信片后，说：

“他母亲在担心呢。是为了打听他在厦门的住处而寄来的吧？”

“是的，是的。”

“回信了么？”

“已经回了——我不知道。”

如前所说，由于小郑不会说日语，所以“我不知道”是用英语“I don't know”说的。因为是英语，再加上他三番五次地说，所以，这句“I don't know”也不可思议地，给了我一种他是在把知道的事故意隐藏起来，这样一种反话的效果。不消说，不是这样的。

对于厦门，我的印象就好似十多年前读的侦探小说的一个片断，情节梗概大部分已经忘记了。

章美雪女士之墓

小郑要去中国交涉署办点儿事，问我是否愿意同去。

小郑的事是这样的：作为我的导游，他与我一同从台湾的打狗回到了他自己的故乡——厦门的鼓浪屿；而我回台湾时，他也要一起去台湾，但这就必须再次取得中国交涉署或是日本领事馆的渡船许可证。若在日本领事馆办证，早则两周，迟则要等一个月以上。而在中国交涉署办的话，只要交三圆手续费，两三天就可办完。“我要去中国交涉署领渡船许可证。”说着，小郑拿出了一张不大的快照相片，据说这是昨天刚照的。

这时是上午十点左右，所以天气还不是那么热。

我到鼓浪屿已经一周了，虽然每日里在这儿散步，但竟然还是摸不清这里的道路，大概是由于这儿的路并不总是笔直的。常常是我想东行，却不知不觉中绕来绕去绕到了西面；本打算去看似乎就在眼前的林中土家，脚下的路却奇妙地弯弯曲曲，结果是我反而越走越远了——真是迷宫般的道路。因此，我一点儿也不记得我们是怎么走到中国交涉署的。

登上二十来级有铁扶手的石阶，前面出现了一道大门，那儿便是中国交涉署了。大门的旁侧有一小块空地，在那儿的铁丝网后，一只白鹭孤寂地伫立在一个看上去只有两三寸深浅，似乎有些微湿的四尺见方的水泥池中间。——自古以来，厦门与鼓浪屿之间的海湾就被称为鹭江，然而现在已不大见得到这种鸟了。反而是在台湾，我倒见过白鹭结群而飞的情形。如今的鹭江上，取而代之的是老鹰之类。两三天前，我们要乘舢板去南普陀游览的时候，我瞧见一只大鸟停在靠近陆地的一块水中岩石之上，正悄然凝视着退潮的漩涡。我问小郑它是什么鸟，小郑对我所指的方向看都没看一眼就答曰："Hawk。"据这回答，可以知道这种鸟在这一带绝非稀奇。

不久，小郑从接待室里出来了。看样子在我观察白鹭的时候，他的事已很快办好了。当我们走下二十多级的台阶时，他说：

“我们顺便在这一带散散步吧。”

现在既非散步的天气，又非散步的好时刻——已将近正午了。不过小郑因为是在南国长大的，所以似乎对炎热毫不在意。

“好吧，只要是在凉快一些的地方。”我答道。

于是小郑沉默了——外国人沉默时的表情总是让人捉摸不透其内心。我们继续走着，照例是难认的道路，不知不觉中来到了一条直通海边悬崖崖顶的坡路。沿途有许多树木，非常凉爽。外国人常说：“厦门是地狱，鼓浪屿是天堂。”以及在中国沿岸，以鼓浪屿风景为最佳等等。这条林荫路确实恰如所言：树木间阴影重叠，而对岸的厦门街市却忍受着烈日暴晒；那充斥着红砖瓦的街市，与这一泓盈盈绿水，正形成鲜明对比。水上悠然荡着许多小舢板，它们正往来于厦门岛与鼓浪屿之间。凉风阵阵袭面，路上没有其他行人，这似乎是一条不大被利用的道路。我们脱了上衣，走走停停，欣赏着风景。过了一会儿，走在前面的小郑穿上了上衣，于是我也学样。这一定是前方道路再无树荫，而只有直射的阳光之故。在日光直射处，不穿上衣反而会更热。

小郑边穿上衣边说：“前面不远是基督徒的墓

地，我们去看看吧。”

“好。”

林荫道转个大弯，就是一棵树也没有的秃山顶。眼前是杂乱竖立着的几百座墓碑。

这里盛产石头，所以墓碑全是花岗岩做的。其中一座上面写着“基督女徒蔡门车氏寝室”，我好奇地看了看墓上的文字，原来这是一位“寿七旬”的老太太的墓，由其孙子所立。还有的墓碑上刻着“侍主复临”的字句。在这些墓碑的上部，都镌刻着镀金的十字。小郑依然是一副让人捉摸不透的表情，默默地在这些石墓中边走边看。他突然停了下来，指着路旁一座石碑说：

“这是黄先生未婚妻的墓。”

“黄先生？黄先生是谁？”

“黄先生是我的朋友，你也认识他的。”小郑答道。

于是我从口袋中掏出小记事本和自来水笔，递给小郑。我想，“黄”必定是中国人的姓，光听发音我不明白，写成文字我就会知道了。小郑在记事本的一页上写了一个“黄”字让我看，然后又在“黄”之下加上了“祯良”二字。

“啊！ 我知道了，是那个牧师的儿子啊！上次我们还一起散步来着……”

“是的，就是他。那位姑娘非常漂亮。这一带只要是有些身份的人，都是基督徒。在所有基督徒的姑娘中，她是最美的。她是在乘船游玩时落水而死的，这已是四五年前的事了。”

“那女孩子有多大？”我边问边看那经过精心磨制的、如大理石般光润的墓碑表面。

小郑也看着墓碑，答道：“十四五岁吧。”

“那么，当时黄先生多大？”

“他今年二十二岁，所以当时应该是十七八岁。他当时非常伤心。”

在炎炎烈日下，在这座墓碑前，我与小郑用不太流利的英语进行着交谈。我记起了只见过一面，优雅英俊、话语不多的黄祯良，他那看似恬静的沉郁，应是四五年前这事的遗痕吧。尽管讲述此事的小郑短短一句“他当时非常伤心”，在我听来有些空洞，但十七八岁的少年突然间失去了十四岁的未婚妻，感到非常伤心，这一事实令我感到一种童话式的伤感。因此我翻开刚从小郑那儿要回的记事本，在新的一页上，记下了墓碑的文字与图案。这座墓碑上同样刻有镀金的十字，但它的十字架周围装饰着别具匠心的、仿佛是细细弯曲的绦子做成的对称线条，其外侧上方匀称地点缀着五颗金色的星星。这一切，似乎显示着世上的人对于这座墓的人间之爱。墓上镀金刻着“章美雪女士之墓”几个大字——镀金刻字的墓只此一座。它的右上部写着“生”，下面是“一九〇二年”（不知为什么我的记事本中只有年，而漏写了月、日）。左上部与“生”相对，写着“卒”，下面是“一九一六年七月三日”。我边在记事本上记录边想：正好是五年前的现在。在生辰年月的下面，稍外一点的地方刻有“女非死乃寝耳”几个稍大的文字。与此相对处，作为建墓碑者，记有这位“非死乃寝”的美丽少女的父亲的名字。

我在自己的记事本中如实记下了碑上的文字及位置。不经意之中，我看见墓石底部，光秃秃的发红的土地上有一朵直径约二寸的大野蔷薇花，它正悠悠地绽放着雪白的花朵。这片墓地上，不用说树丛了，连杂草都几乎没有。然而偏偏在这块墓碑附近发现了这株野花，我不禁生出一种诗情。也许正因为此，我意识到自己幻想中的章美雪女士是一位招人怜爱的少女。

“这种花，在中国叫什么名字？”

“咦？日本没有吗？”小郑反问道。

“不，日本有很多，但没有这么大的。”

“我不知道它叫什么，但它的果实叫野柿子，秋天的时候可以吃。”小郑回答了我。

我们离开墓地，走过林荫路，我跟着小郑又走上一条我从未走过的路。这也是条凉爽而多树的道路，两侧稀疏地散落着一些拥有宽广庭院、似乎是别墅的建筑。这条路弯弯曲曲，缓缓向上，路的一处屹立着给人以突兀之感的巨石——鼓浪屿有许多这样耸立的巨石，且各具其名。这块巨石脚下有一座不算很大，但十分可爱、中西式参半的住宅。我停下脚步眺望着它，宅前所悬的匾上写着“瞰青别墅”，石门处的立柱上刻有这样一副对联：

此地有人长寄傲

问天假我几何年

我不知道这是否可算锦句，只是从那章美雪女士的墓一路到这儿，我一直恍然有所思，于是便把它也抄在了记事本上。

集美学校

厦门本身是一座小岛，而围绕着它的海湾，便是所谓的鹭江。厦门岛北部，隔着鹭江有一个叫“集美”的贫穷渔村。四五年前，这个小渔村突然出了名，原因就在于集美学校的建立——尽管只是简单地借用“集美”这一地名，但集美学校的确是个好听的名字。虽是私立学校，但它包括了小学、初中、工科学校、师范学校、高级师范学校、高中，甚至女子高级小学等。据说，明年在厦门的名寺即南普陀寺附近的很大地区——我曾去过那座寺庙，当时我曾在那多石无树、野生龙舌兰繁茂，而草里热气逼人的夏日荒路上走了许久。没错儿，一定是那附近——还将建商科、工科和文科的大学，并且今年已经开始了招生工作。如此大规模的私立学校，完全是由个人经营的，并且经营者也是中国人——陈嘉庚与陈敬贤两兄弟，据说他们才三十五岁左右。

正如明末清初时，福建省（主要是厦门附近以及漳州、泉州的农村）大批的人为躲避战乱与饥荒涌入台湾一样，现在许多人打算“下南洋”去赚钱或定居。厦门的客栈中总是挤满了这种人，也就是所谓的“华侨”，他们等待着去南洋的船只。其中大部分人，不用说去南洋的船费，连住客栈的钱都付不起。这些人只能依靠掮客（这已成了一种职业）——虽然尚不知自己能否被雇用，但也先以估计的工资作抵押，像牛马一般被他们转手倒卖，渡海而去。据说，那些没能上船出发的人，甚至被称为“废人”。那么残留在厦门的苦力，自然也只有别处苦力的一半力气了。而厦门地区的语言，也因此成了南洋诸岛的苦力们的通用语言。在这么多的华侨之中，虽不知是否有千分之一或千分之二的比例，但终究有积累巨富、衣锦还乡之人。他们就在与厦门岛遥相呼应的风光明媚的鼓浪屿上，建造了许多别墅。鼓浪屿已成为各国共同的居留地，在其景致秀丽之处——或是近海之山阴，或是俯视大海的巨岩之麓，或是可从附近林梢中一览厦门街市光景的高地，均建有顺应地势、向公众开放的精巧庭园。在这些庭园附近，常可见到漂亮的别墅。有的是洒脱的西洋风格，有的则是中西合璧、风格华丽。正是它们，使整个鼓浪屿看上去像座巨大的公园。考虑到这些别墅大半是成功的华侨所建，这些建筑又随处可见，因而一定更助长了“南洋热”。

某天夜晚，我曾踏入其中一所别墅的庭园——是在月夜的海边散步时碰巧经过的。这所位于山阴的别墅庭园的通路，是一个人造的、仅能为人所通过的洞窟。一出洞口，便是一座约有两间房子长的石桥。来到石桥上，伴着夜间清冷的空气，幽幽荷香沁人心脾。这所庭园的主人并不是下南洋的苦力，但也是在南洋取得了某项事业的成功。听说不日将是其花甲之贺，已请了广东的烟花队以及上海的戏班子，家里正忙着做诸如腾出书房作客厅以及准备舞台之类的工作。

某日，我又参观了名为“观海别墅”的庭园。诚如其名，它建于海角，马蹄形的庭园四周建有炮垒之类带枪眼的短墙。为了观看外面滚滚而来的波浪，胸墙内侧修了三合土的人行道，约有两米宽、三百多米长。庭园里有许多花坛，风格活泼明快。草坪上有三四个男人正在干活。带我来的是这家主人的熟人，我们就一块儿在乌木、紫檀木及大理石所造的客厅里喝了茶。这家主人也是白手起家的华侨，目前已有三百万元的财产。他看上去干练爽朗，年近五十而身体健壮。两个手持球拍、不满二十岁的青年，正从客厅前面的阳台向园中走去，据说他们是这家主人与其南洋土著的妻子所生的混血儿。“观海别墅”的主人现在在南洋仍有几处制糖公司。我们的闲谈愈发深入，渐渐聊到了集美学校的陈氏兄弟。传言他们也是暴富的华侨子弟，父亲原为苦力，后来做了导游，更取得了一个欧洲人的信任，结果一点一点地获取了这个做橡胶种植园主的欧洲人的财产，并且以此为基础，积聚了巨大的财富。父亲过世后陈氏兄弟继承了其父的遗产，不久就产生了经营集美学校的想法。不知是否因为学校创办人的父亲是在南洋发家、致富的，集美学校主要致力于对华侨子女的教育。这使我想起，在其校的入学指南中，写有在爪哇、新加坡与厦门三地设有大学入学考场的事。

陈氏兄弟计划投资一百五十万元作为学校的创建费，到目前为止，在校舍及其他建设方面，已用了将近六十万元。他们又免费或几乎免费地安置了各类学生约五百名寄宿于学校宿舍，其每月约两千元的学费均由陈氏兄弟负担。——因是生活费极低的地方，我记忆中的这些数字多半不大准确。同样的道理，其一百五十万元的创建费，也比从日本社会所看的一百五十万元的价值要大得多。这里的建筑、用地等费用，惊人地便宜，甚至于免费。因此，如果真的投入一百五十万元的话，大概可以很有余裕地建成一所齐备的学校吧。据说中国人一向吝惜钱财，对公共事业更是不愿破费。所以，集美学校不但在当地，而且在全中国，都是十分稀奇轰动之事。因此，常有旅行之人去参观。我虽对公共事业之类素无兴趣，但却觉得看看也无妨；何况集美正好在水对面不远处，权当坐船一日游吧。

飘扬着中华民国五色国旗的军舰上，军号一直在响着。我们的小船，就从它的身边驶过，向集美方向而去。

“再过三个钟头，正午之前就能到集美了。……因为厦门风气不好，教育小孩一定要在乡下，所以学校就建在了集美。……因此，学校有两艘大船，每周六下午，学生经常由老师领着，乘船来厦门。……那学校的老师中有两三个人还是我中学时的同学呢。……”

导游小郑在篷船上不停地向我介绍着。然后，他又指着西面云雾缭绕的群山的方向，接着道："去年春天，那里总打仗。从厦门、鼓浪屿也常常可以看到炮火，有时甚至是士兵。……那座岛叫宝珠屿，因为它像珠子一样圆。……快看！那个小岛上有一座塔。从鼓浪屿也可以看见一个有塔的山，那是南太武山。它顶上有一个神奇之处，是一块巨大而平坦的岩石，雷阵雨总也不会落在那岩石上。我也去看过，偶尔也碰上下雨之时，那岩石果真神奇，周围全淋雨了，可岩石就是没湿。并不是上面树木茂密或有什么别的原因。虽然看着从云里落雨，但只要站到那岩石上就淋不着雨。……我告诉你鹭江八景吧，请快拿出笔记本……"小郑与其说是健谈，不如说是话有点多。我从口袋中拿出了记事本，他一边回忆，一边在上面逐次写下了鹭江八景的名称：鼓浪洞天、白鹿含烟、虎溪夜月、凤山织雨、金鸡晓唱、龙须土桥、万石洗心、云顶观日。——白鹿是洞名。然后是凤山寺、金鸡亭、龙须亭。鼓浪洞天是鼓浪屿最大的岩石——日光岩。其余的三处也分别是厦门各处突兀而立的巨岩的名称。随后，我想到记事本既已拿出来，就顺便请小郑预先写下了漳州的情况。由于昨天小蒸汽船的耽搁，我将比原计划晚三天到漳州。听完了小郑的介绍，我突然想起，应该在自己尚未忘记的时候，把到厦门以来的事大致记成日记，以作备忘录。这时，小船已过了岛屿众多之处，四周除了水色也没什么景致，我也有些厌倦无聊了，正好可以写日记。我先屈指算了算，自到厦门，今天仅仅是第八天。但由于行程匆匆，我竟忘了这八天里很多事的顺序。多亏始终相陪的小郑在旁帮忙回忆，我总算记完了这八天的简短日记。此时，集美的沙滩出现在我们的船前。小船越发近了，对岸显出了大屋房顶的一部分，渐渐地便是一座在晴空下引人注目地耸立着的、长而大的红瓦建筑物——这就是集美学校的正面。

“下午两点左右退潮，你们要尽量在那时赶回来。退潮时这里水太浅没法停船，我会在对面那稍远的海滩处等你们。”

一边小郑向我解释着船家所说的大意，一边我们由散发着海滨气息的道路，匆匆赶向对面的那红砖建筑。它是两栋巨大的双层建筑，外侧的屋檐高低不同，错落有致，与东京那些颇有点怪异的私立大学校舍相比，它显得要宏伟许多。由于校舍尚未完全建成，所以穿过砖砌的校门，便可看见随处堆放的红砖。正值暑假，我原以为学校里会一片寂寞冷清，然而走在去教研室的途中，只见邻近大楼里稀稀落落地有青年进进出出。稍后我才知道，今天学校的青年会要举行基督徒联谊会，厦门的许多牧师及其他基督徒也都来了。小郑和其中的一个青年打了招呼，看样子他与小郑挺熟的，两人交谈了五分钟左右，他就马上领我们去了别处。

我们到的地方，像是宿舍的食堂。二百人左右的中学一、二、三年级甚至年龄更大一些的男孩正在吃饭。看这情形，华侨的孩子们假期也不回家。带我们来的那青年让我和小郑加入食堂角落的一桌，自己和这桌的两三个少年低语了几句，说的似乎是“虽然他是日本人，但是是来参观学校的，你们可不许欺负他。你们要规规矩矩吃饭”之类的话。然后他转向了我，用英语礼貌地说了句“请在这儿吃饭吧”，就走开了。尽管明知同桌及附近几桌的少年们正偷偷地打量我，我还是先仔细地看了看桌上的饭菜。两个大盘中，一盘是豆芽菜，另一盘是猪肉外加蔛蒻一类的东西；汤在另外的一个更大的盘中。主食不是米饭，而是所谓的中国面条。看着这些饭菜，我突然觉得这与日本中学宿舍似有一脉相通之处，于是禁不住善意地微笑起来。他们用分菜专用的长筷子，把大盘中的菜夹至自己的小盘，然后用自己的筷子再吃。我特意在这里记下使用长筷子一事，是由于这与中国人的一贯做法——用各人自己的筷子夹同一大盘中的菜吃——很不相同的缘故。这一定是重视卫生之故。我也像其他人一样吃了饭。大家吃得很香，自己盘中的菜吃光了就随意添加自己爱好的菜。

出了食堂，在不远的狭长屋檐下，一个五十多岁的人正扇着棕榈扇，在饭后休息。看样子小郑也认识他，不知是谁先开始的，反正两人打了招呼。随后，他请小郑和我去他身后楼中的一个小房间。他虽不修边幅，但举止高雅，跟小郑不停地聊着。我只听到台湾或打狗等词，想必是那年长者好奇地向小郑询问台湾的情况。这里是宿舍楼的一部分，而这间屋子估计应是这年长者（他一定是位老师）的宿舍了。书桌前方的墙壁上挂着十多册线装的、厚厚的草稿一类的东西，大概是学生的诗稿。在最里面，挂着学生的保健表。刚见到他时，我觉得他有五十多岁，可实际上也许是四十多岁吧。我正瞧着这些东西，两人的话题好像已转到了我的身上，只听时不时传来“东京”、“东京”的声音。他不断打量着我，这时小郑回头对我说："我给你介绍一下，这位是这里的校医兼中文教师，他可是个大诗人哪！"接着又说道："我向他说了你的事，他觉得这次相遇，真是十分难得。"小郑虽生在厦门，但因为姐姐姐夫在台湾，他就待在了打狗。在那儿，他寄住于我的一位朋友——我的中学同学，现已开业做牙医了——的家中，边照顾家务边上学。因这一层关系，我才得以由他陪同来厦门。他从我朋友那里打听了我的一些情况，竟在这种时候多嘴多舌地介绍给对方，说什么我是日本的小说家，等等。这一来，事情可麻烦了。于是这位中文教师兼诗人通过小郑问我是否会作中文诗。我只能如实答道："不会，但我很爱读，能否请您替我作一首呢？"对方爽快地答应了，并且又问："那么你会作日本诗吗？"我通过小郑答道："我写过日本诗。"于是对方说："那么，我为你写我国的诗，也请你为我作一首贵国的诗吧。"小郑翻译的时候，他给我们倒了茶，然后又替我们点燃了纸卷烟以示敬烟。他与小郑聊了两句，就突然起身开始磨桌上的墨，随后，就这么站着，挥笔流利地写下了如下的诗歌：

赠佐籐[1]春夫先生：

陈镜衡急就草

如雷贯耳有隆名，游历萍逢倒屣迎。

小说警时君著誉，黑甜[2]吾国愧难醒。

写罢，他将纸递给了我——这是印有“集美学校用笺”几个红字的粗糙格纸。然后，仿佛是要催我写诗似的，他把笔交给了我。我为难极了，我数年没写过和歌了，并且在这场合，怎么想好像也想不出。后来我索性怀着一种在遥远的鹭江之畔游玩时偶遇陈镜衡先生，自己以往虽只写过和歌之序，今天仍要勉力作歌的心情，用平假名作成了一首和歌。万幸的是，现在我怎么也想不起它的内容了，如果真记起了一星半点，那我现在倒要多多少少烦恼一番了——我既不愿因写得不好而在这儿故意略去不写，而一旦写出来，水平太差，我又实在是惭愧。好在现在我一句也记不起了。不过，由于当时对它的意思作过说明，我倒没忘其大意：今日逢君今日别，也许今后一生也不

① 编者注：此处是陈先生笔误，应为“藤”。下文有说明。

② 编者注：指酣睡。

会见面。大约就是这样的意思。陈镜衡先生边听小郑的解释，边微微颔首，而后郑重地将和歌的纸稿收入抽屉之中。接着，他来到我身旁，指着我正看的他的诗中的“急就草”三字，通过小郑告诉我，这是即兴而成、水平有限之意。他从我手中取走诗稿，拉开一个抽屉，取出了我原以为是一页洋格纸的信封；又从另一个抽屉中取出自己的名片，把诗稿与名片装入信封之中，取出毛笔，在信封正面写上“佐籐春夫先生惠存”的字样（他把“藤”写成了“籐”），又在信封的一角，缓缓盖上了自己的印章。他这么郑重其事地对待我，令我为自己敷衍的和歌惭愧不已。我不由想到，倘若自己略懂，即使是浅薄的一点点汉诗的平仄规律，也可直接向他多多少少作诗表示心意了。陈镜衡的诗，是那种平常的、形式化的应酬之诗，但我突然想起了自己到厦门后的所见所闻——战火不断的时局，夜晚小巷里成群行乞的孩子，妓院及鸦片馆，等等，这些已是很粗俗的画面了。还有更令人触目惊心的情景：孩子们在街上任意乱走，苦力们挤在路边狭小的空地上，以小石子和地面为工具，玩一种叫“行直”的赌博游戏；而同时在另一边，灯火通明、金碧辉煌的西式洋房里，一位似乎受过良好教育、佩戴金框眼镜的年轻女子怡然地站在二楼阳台上，看着下面赌博的情形。这时，再读读这一句“黑甜吾国愧难醒”，不禁感到这是一位供职于集美学校、立志传播新文化种子的瘦弱之人的肺腑之言。它不是泛泛空言，而是一介游子哀怜祖国的满腹心事。后来我从小郑那儿得知，陈镜衡约有四十二三岁，是厦门地区有名的诗人。看名片，他是同安人氏，尽管与校方陈氏兄弟同姓，但显然无任何亲戚关系。

我们在陈镜衡屋里聊了约半个小时，就告辞出来，向旁边的大楼走去。这时，刚才领我们进食堂的青年认出了我们，就走过来带我们去了距学校一公里左右的集美村。这是个典型的渔村，有许多矮小的房子。由于正是中午，天气炎热，路上一个人也没有。一群民房中较大的一个——但也没什么特别之处，就是集美女子高级小学了。那青年大概是为了让我们看看它，才领我们来这儿的。不过它确实没什么可看的，随即我们又回到了校舍。

大楼的大厅里已聚了七八十个人，主要是年轻人，好像正当他们联欢会休会时的自由活动时间。据说早上已开了联欢会，炎热的中午时分要稍作休息，等下午凉爽时再接着开会。小郑到底是读过基督教中学的，所以认识这儿许多人，忙于招呼问候。这里还有一个美国人，小郑佩服地告诉我，说他是学校的英语口语教师，去年春天还一点儿也不懂厦门话，如今已能自由地用厦门话开玩笑了。小郑边走边与各种人闲谈，我在一旁既听不懂，又看着没什么意思，就径自走到三个大黑板前的围观人群之中看热闹。只见黑板上贴满了细长的纸条，纸条上写着号码和简短的句子；在下方则写有“一句圣经”、“中国地名”、“近代英杰”等字，我推测这一定是猜谜。围观的人七嘴八舌地说着答案，而贴纸条者一边回答“对了”或“错了”，一边忙着张贴新题目的纸条。有时出现了一个古怪的回答，大家就不约而同地大笑起来。我实在不懂他们是怎么猜的，就站在一旁边看边琢磨。旁边一位青年可能看到我只是站着观看，觉得奇怪吧，就用发音标准的英语问我：“你知道他们在做什么吗？”我想说：“是在猜谜吧。”但不知英语的“谜”怎么说，只得回答：“不知道，这是在干什么呢？”

那位青年似乎也是由于不会用英语说“谜”，所以难以回答，于是我从口袋里掏出自来水笔，翻开记事本的一页空白页递给他，他就在那儿写下了“灯谜”二字，又看看我。我点点头以示明白了，然后很想问问他这些谜是如何破解的，但我俩英语实在不高明，估计说也说不清楚，这事就只能到此为止了。在我看着谜语出神之际，社交活跃分子小郑已不知到哪儿去了，无奈我只好一个人在校园里闲逛。学校大门一端的墙上，挂有校主陈氏两兄弟的大幅头像。因为挂在了这么个特别引人注目之处，我不禁觉得有些不快。这不是与那些从上海请戏班，从广东邀烟花队，大张旗鼓地庆祝花甲的做法“半斤八两”，或者说“五十步笑百步”吗？我甚至觉得集美学校的这种做法，相比之下更加邪气。但事后仔细考虑，这倒是我的错了。人类的行为是不可以超然地以“五十步与一百步差不多”来一概而论的。忽视五十步与一百步，甚至于五十步与六十步的细微差别，就会失去衡量原本就相差不大的人类行为的价值尺度。对人类行为标准界定得过高或过笼统、或胡乱进行四舍五入的做法，是不切实际的。现在，在我写这篇文章之际，我意识到了这一点，所以虽然我的确曾因校门口陈氏兄弟的引人注目的头像而不快过，但在此仍要对其事业表示相当的敬意。

我粗粗地——本想说“大致”，但既是中午，地方又大，所以自己确实未走遍整个校舍，只能是“粗粗地”——看了许多地方，又回到了大楼。这时，猜谜已经结束，正在分发点心。我觉得走过去不太好，就站在了远处。小郑在人群中看见了我，就拉我过去，一个干事模样的人也给了我一袋点心。这是中国化的西式糕点。不一会儿，小郑与五六个年轻人一起离席，我也随着他们来到了一间像是青年教员的集体宿舍似的房间。大家又重新饮茶，品尝新的糕点。他们可能都是小郑的中学同窗，大家围着白木大桌，谈笑风生。我说不上什么话，只好随手拿起了桌上的一本杂志。我记得它的名字是《女子青年》，封面上写着“蓝色的玫瑰花”。我很好奇，想知道中国的新女性在读什么样的小说，又因这小说很短，不满三页纸，所以就翻开看了起来。

“蓝色的玫瑰花”，这题目的意思一目了然。像当时中国大多数的小说一样，它也是翻译作品，上面用罗马字写着原作者的名字。我记得译者是一个我没听说过的、大约叫“闺秀文士”的人。我试着看了下去——尤其是现在我写这篇文章时，手头并没有《女子青年》，所以就请读者把下面的故事权当我的妄自理解吧。

有一个国王，他有一个美丽的女儿。国王因为没有儿子，而女儿又就这么一个，所以非常疼爱公主。有三位才智风度不相上下的公子来向公主求婚，公主不知该选择谁，国王也很为难。于是，国王定下一计，他对三位公子说道："明天是公主的生日，照例生日的夜晚要举行球会（这里应是"舞会"吧，本来我可以径自改为"舞会"，但还是决定照《女子青年》所写）。寡人很想在公主的白裙上装饰蓝色的玫瑰花，那样一定非常和谐美丽。可是蓝色玫瑰花极为难寻，今年是无论如何也得不到了。因此，我向你们许下诺言：在明年的今天，谁能找来蓝色玫瑰花，寡人就把公主许配给他。还有，在这之前，寡人不想在宫里见到各位公子。"

于是，三位公子当天就各自回家，开始考虑如何找到蓝色玫瑰花。

一年之后，三位公子来到了日思夜想的公主和国王面前。第一位公子因整整一年没找到蓝色玫瑰花而无精打采，脸色蓝得就如蓝色玫瑰花一般。他略显愤愤不平地说："这一年里我一直在书房中闭门不出，翻遍了所有植物学的书籍，就是找不到关于蓝色玫瑰花的记载。于是，我又继续读了各种科学书籍，想凭借科学的力量，以自己的方法得到蓝色玫瑰花，但还是不行。”国王真心表示了对第一位公子这一年的徒劳的同情，然后谢绝了他的求婚。

第二位公子脸色亦如蓝色玫瑰花一样，他也没得到蓝色玫瑰花。他略含怨恨地对国王说：“这一年之中，我亲自走遍了世界各地，无论是山野还是庭园，一心只想找蓝色玫瑰花。我见到了黄、红、白、紫等各色花朵，就是没有蓝色的。我得到的只有旅途中众人的嘲笑。”国王向第二位公子也表示了同情，然后也婉拒了他的求婚。

这时，第三位公子来到国王面前。与前两位不同，他英俊的脸上满含笑容，他说道：“我找到了蓝色玫瑰花，但是为免花色减褪，我没摘它就回来了。我想请公主今晚与我一同去采摘，它就在离这儿不远的地方。我将什么也不带，在陛下的御花园等待公主。”国王听后笑道：“爱卿真的是在这里发现了蓝色玫瑰花吗？”于是，当晚，第三位公子请公主到宫殿后苑的喷泉旁。一路上，他向公主倾诉了这一年里自己是如何思念公主，以及每晚如何偷偷来到喷泉边伫立良久。两人到了喷泉边并肩而坐，也许只有明月听到了这一对才子佳人的低声细语吧。

公主并没有去看池边是否有蓝色玫瑰花，只是次日当父王笑着问她是否看见蓝色玫瑰花时，她低头答道："是的。"于是第二天，在公主的生日宴会上，国王向宾客及臣民宣布了公主的婚事。……

"佐藤先生，现在回去好吗？"小郑突然对我说，而我正沉浸在读完了一篇情趣高雅的小说的喜悦之中。看样子，他一直在等我看完这本书。

"好吧。"

我和小郑刚站起来，一位青年——就是刚才领我们去食堂及村落的青年，用流利的英语对我们说："现在时候还早，晚上再走吧。今天是六月十五，你们可以晚上欣赏着满月而归。从厦门来参加这次联欢会的人也要在那时回去。现在太热了。"

我掏出表看了看，已是三点半了，赏月而归固然不错，但我想到到晚上还有难以打发的两三个小时，而且已经和船家约好了两点回去，他现在一定等得不耐烦了。于是我和小郑与大家一一道别。正在这时，学校的钟声响了，可能是基督徒下午的联欢会开始的信号吧……

学年 学科	第一 学年	每周 时数	第二 学年	每周 时数	第三 学年	每周 时数	第四 学年	每周 时数
修身	修己	一	家族及社会	一	社会及国家	一	伦理学	一
国文	讲读近世文 作文　习字	十	讲读近世中 古文　作文	八	讲读中古文 及古文 文字学大意 作文	四	讲读上古文 文字学大意 诗歌　作文	三
英语	读本　默书 习字　文法 造句	十	读本　文法 造句　默书	十	读本 作文 修辞 译述 会话	十	文集 修辞学 作文　会话	十
数学	算术　代数	六	几何　代数	八	立体几何 平面三角	六	高等代数 解析几何 大意	六
历史	本国史	二	同前	二	世界史	三	同前	三
地理	地理概论 本国地理	二	本国地理 世界地理	二	世界地理	二	地文学	二
理化					物理　科学	六	物理　科学	六
博物	植物　动物	二	动物　矿物	二				
法制					法制大要	一	同前	一
经济					经济大要	一	同前	一
图画	自在画	一	用器画	一	同前	一	同前	一
体操	普通　兵式	二	同前	二	同前	二	同前	二
合计		三六		三六		三七		三六

这篇文章题为《集美学校》，但我没怎么写学校本身的情况，心里颇觉不安。因此想在这里贴上《福建私立集美学校九年秋季招生简章》的一页。这份民

国九年秋季的招生简章，是我为留作日后的参考而从学校拿的。在这里就选中学的“课程及教授时间数表”这一页吧。

学制好像是四年制，科目及课时等方面与我国[①]没太大差异，看上去数学的难度稍高。据说，日本的高级师范学校的某教授参加了学校的方针设计。在厦门时，我曾听说集美学校包括工科学校、高级师范学校等许多部分，这有些言过其实，要不就是我听错了。现在的集美学校，只包括由预科和本科构成的师范学校和上面科目表所涉及的中学、相当于中学程度的商科以及女子高级小学。不过，将在厦门设立大学一事确是事实。根据集美学校民国九年秋季的招生简章，学费方面：师范学校学生只要交入学的制服费十二元，其余的学费及伙食住宿费全免；中学及商科学生要交制服费十二元、住宿的帐被枕席费十二元，以及每月四元的伙食住宿费。酬谢金[②]等其他费用一概不要。招收的学生以二百名师范预科生为主，还包括中学五十人、师范二部及商科各四十人。入学考试

---

① 译者注：指日本。

② 译者注：指每月付给学校或私塾的酬谢金。

地点设在厦门、偏远县的劝学所、新加坡、小吕宋等地。我也的确见到了大学简章，但不知怎么我没拿，抑或是拿了但又弄丢了。

顺便补充一点，集美学校虽不是宗教学校，但由于校主的信仰及厦门地区一般知识阶层的信仰，学校的基督教气氛很浓。据说，促使厦门一带一般知识阶层的信仰基督教化的很大功劳，应归于一位独身的美国女性。她在二十几岁到今天四十岁的近二十年里，一直在厦门经营幼儿园的儿童教育，并且今后仍将继续这一事业。可以说，现在这些中流水平以上的家庭中，三十岁以下人士在其青少年及幼儿时期，几乎都去过这位美国女士的幼儿园。她发明了许多幼儿游戏，还用厦门方言写过富有教育意义的童谣并作曲，与孩子们一起玩耍。其中有一首童谣是这样写的："这是巨大的洞穴，而我是一支蜡烛。不能熄灭哟！我要燃烧，再燃烧！照亮我四周。"我不知道她是怎样的一位女士，又为何要在这遥远的异国乡村过这样的生活。但是，她的心志着实令人钦佩不已。虽是闲话，但在这里，以此作为集美学校这篇文章的后序，也似乎未为不可。

鹭江月明

我们离开集美学校，踏上了归途。

不久，就到了船家等候的沙滩。这一带都被红色粉末染红了，看样子可能是集美学校校舍的红砖是在这里卸货的缘故。我们叫醒了因久等不至而在舱内打盹的船家，他指了指水边，一脸的不高兴，大概是因为本想趁退潮的水势回去，可是现在海水已大半退完了。他像是报复似的，说由于逆风，所以撤下了船篷。好在太阳渐西，水上的阳光已经不太厉害了。我们的小船戗风而行，于近岸的群山，穿行在它们的水中倒影之上。尽管时间花得长了一些，但我丝毫不觉得无聊。非但不无聊，我还要感谢那天的逆风，是它使我们的小船速度变慢，让我欣赏到了鹭江的黄昏。那天，鹭江的黄昏实在是美得令人如痴如醉。自那以后，我完全相信了鹭江风光居中国沿海地区之首，甚至西湖也不及它的说法（尽管我不了解西湖和其他地方）。

就我自己而言，那日的黄昏，是我生平所见最合我性情的自然风光，并且以后再也没见过可与之媲美的了。

水程过半，渐渐可以望见一些小岛了，夕阳就在我们眼前不慌不忙地、一点一点地向西沉。西面的群山上，淡淡的晚霞正缓缓消失，宛若轻烟的飞逝。连绵不断的群山，还有那错落有致、高低起伏的鹭江江岸，在落日的光辉里投下了自己浓浓的倩影，不久便层层叠上浓淡各异的紫、蓝、绛青、黄、赤和一些难以形容的色彩。而且，随着日脚的静静移动，它仿佛带着一种慵懒又任性的情绪，捉摸不定地不断变幻着。小船前方，平静的水面上流光溢彩，宛如溶入了金子一般。当水上的金色变成红色的时候，由山脚开始，群山一点点地转为灰色，再逐渐暗淡下去。虽然太阳已经落下去了，但余晖将天空染成了茜红色——宛如彩虹之中的红色，它不久也淡了下去。不知是大气的什么原理，余晖从日落处的山顶上一线划向遥远的东面，就像一条红色的银河。我顺势向东望，想寻找余晖的尽头，不意却望见了在低低的山顶上方仅几寸处的一轮幽淡的满月。它圆圆地飘浮在空中，仿佛最终克服了害羞之情似的，一分一分地增加白色——现在还称不上光，只是白色。在这无光的月下，离小船不远的山脚处的退潮地带，伫立着一只白鹭。夜幕将近，这只高高的、颇具神韵的大鸟显得愈发地白了。这时的大自然，恰似印度艺术家泰戈尔之笔。白鹭悄然立了一会儿，随后在尚可看得见的、黑湿的江滩上啄了一下，就轻轻巧巧地飞起来了，从我们小船的上方——我们甚至能感觉到它翅膀的振动——一掠而过，笔直地消失在天空中。滩上只有一种叫作加靛的黑黝黝的灌木。不知是否因为这一带曾是牡蛎养殖地，此地排放着无数细长的砌石，有某种废墟似的荒凉。月亮的白色静静地化成了光线。

“啊，快看！”

小郑指着船前方大叫。只见在微明的水面上，有一个约两米长的黑色物体，形状就像漂浮的小舟的底。它浮了又沉，沉了又浮……三度沉浮后就不见了踪影。

“你看见了吗？”

“看见了。那是什么？”

“是神鱼……白鳄！”小郑边在我的记事本上大

大地写着，一边说道："白鳄一般长约十尺以上，鹭江各处都能见到。若有船靠近，它就立刻潜入水中，自古以来从未袭击过船只，所以人们称其为神鱼，以表达感谢与尊敬之情。"

这种说明暂放一边，还是先安静地欣赏四周景致才最为要紧。月亮的光彩越来越强，宛如珍珠之光。月光首先浮现在远处西岸微暗的山影的涟漪之上，这时，我的心就像那伴着月光散发幽香的夜来香的花朵，被夜月及夜月统治下的四周的风景俘虏了。水上的夜色更深了，在一片幽暗之中，一切都显得哀婉典雅，再加上刚才孤立的白鹭与古怪的神鱼，更增添了一分凄迷与奇异——正是阿尔贝·萨曼的诗的世界。而且，阿尔贝·萨曼的诗也罢、亨利·德·雷尼耶[①]的小说也罢，在情趣与变化上又如何能与大自然——今日这令人无限遐想的鹭江黄昏——相提并论呢！

远方渐渐出现了灰色的厦门街市的一角，然而那里亮着的街灯在尚未完全黑下来的空气中显得虚幻而朦胧——这是特纳[②]的构图。从西岸的山背后现出的

① 译者注：雷尼耶(1864—1936)，法国诗人、小说家。

② 译者注：英国风景画家。

月光，现在更亮了，好像厚实的银箔。西面驶来了一只舢板船，远远地从我们的船前经过，向厦门的码头驰去。我们的船家也收了风帆，划起桨来。超过几只帆船以后，厦门街市的灯光已开始在水面上闪烁，月光已准备全面撤退了。

“小郑！”我在惠斯勒[①]描绘的小船中快活地说道：“在今晚剩下的时间里，去看看那个歌妓吧！就是你几天前看过的那个，你回来后说你还是第一次看到那么美的少女。对了，叫小富贵！她歌唱得不错吧？”不论小郑是否明白，但我知道在这样的夜晚不听音乐的话，以后就绝不会有听音乐的夜晚了……

在世上绝无仅有的鹭江黄昏、惠斯勒笔下的小舟中，对于我的这个提议，小郑当然同意了。然后他说，若要看歌妓，不如干脆邀上林正熊做伴，反正林正熊每晚必去寮仔后的花街的。于是，他让船家把船停在鼓浪屿的离林正熊家较近的码头。船家向我们索要两元银元作为这一日去集美的往返船费，但小郑只给了他一元五十钱。船家又说了些什么，于是小郑又

① 译者注：惠斯勒（1834—1903），美国画家。

加了十钱，随后就下了船。月光与夜色混为一体，使得我们在地上摇曳的影子十分暗淡。我们决定先上坡去林正熊家。

林正熊是位二十一二岁的年轻人，四五天前的晚上，在新高银行厦门分行行长林木土为我举行的晚餐会上，他也是应邀前来的客人之一。当时的介绍是“著名的漳州军参谋长林季商的长子”。据说他父亲林季商本是台湾人，属于台湾第一大名门，由于对日本政府统治不满，他不顾任何劝阻，固执地说：“我终究是劣等之人，所以希望成为‘劣等国家’清的国民。”遂提出还籍申请，后来终于到了厦门。林正熊看上去一点儿也不像他那豪爽的父亲，他甚至有些女孩子气，见人时会有些害羞。但是毕竟出身名门，人品优雅。林木土家的晚餐会结束之后，他邀了三四个人去厦门玩，小郑也去了。当时我也被邀请了，但那天晚上我想与林木土一起在他家的阳台上享受凉爽的夏夜，所以没去。半夜回来的小郑第二天早上告诉我，当晚林正熊逛了六处歌妓院，大概花了一百多元。小郑就是在那天晚上看见了这个叫“小富贵”的美丽妓女。从那天起，他就一直劝我一定要去看看这个绝色的女子。

上了坡，左面不远处，是一道很长的砖砌围墙。里面树木繁盛，一只狗听见我们在墙外走动的声音，就向我们凶猛地咆哮起来。我们在外面沿着围墙走，它在墙内听着我们的脚步声，不断地叫唤。

小郑说道："这就是林季商的住宅。"

这个狗声狂吠不停的林家大宅的围墙十分长，我们绕着它转了一圈后，来到了大门口。那只狗也跟到了大门口，它仍在叫着。因是夜晚，饰有蔓藤花样的铁门——无论是大门还是侧门，都紧锁着。小郑大声叫门后，门卫从门房中走了出来。随即他又进去了，是去通报小郑的话。小郑看着门房的背影说："他是这一带有名的拳击手。"林家的管理措施非常严格——这一带诱拐儿童、拦路抢劫的事时有发生，而警力又十分薄弱；特别是四年前，就在林家附近的林荫道上发生过杀人事件。因此，像林季商这样经济富裕、地位特殊的人家，这样的管理措施当然是必要的。刚所说的拳击手不一会儿就出来了，他一边呵斥仍在咆哮的狗，一边开了大门让我们进去，那只狗稍稍嗅了嗅我们的脚边。

我们来到一个约有二十张榻榻米大小的客厅，一个年轻人出来和小郑交谈了几句就又进了内室。他是林正熊的弟弟，说是哥哥正在吃饭，因此请我们稍等片刻。屋内有许多美术品，但看来此间的主人好像不太精于此道，居然陈列着两三个像西餐馆的装饰品一样、算不上美术品的俗艳的花瓶，不过这些东西也许不是主人而是儿子们的。小屏风是由红土与白土炼成石纹类物质再凝固而制成的，倘若这是条纹大理石，且它的天然纹理类似饮水之虎，或奔走之鹿，或流动之云的话，那么它一定会被当作自然珍品而备受注目。可它绝非天然，只不过是人工特制的而已。现在漳州附近，就有许多这样制成的砚台。我曾听说有人以三十钱左右买来，想作为特产带回日本，可在海关通关时被定价为三十多元。所以，我觉得这屏风也没什么稀奇的。还有一只青瓷大花瓶，我不太了解它作为古董的价值，但它形状古朴，插上牡丹花的话一定十分漂亮。墙壁上有两幅左右相对的不大的山水画，嵌在乌木边的玻璃画框中。我想在这样的屋子里，如此布置南画，似乎有点儿不和谐。看看画上的秋天山水之景，原来出自名古屋的南画家石川柳城之笔。柳城翁与家父也是老相识，彼此还通过信。原先，日本占领台湾的时候，他曾做过台湾的官吏，也就是那时与这家主人相识相交的吧。

我正在沉思之际，林正熊来了，还有一人也一块儿出来了，据说是林正熊的朋友。他脸色发红，似乎刚喝过酒，给人的印象好像是林正熊的酒肉朋友，每晚约林正熊出去花天酒地一番。他脸红通通的，拿着小牙签剔牙的样子，怎么看都像个粗俗的浪荡子。在一旁的林正熊，穿戴与上次颇有不同。上次我见到他时，他穿着刚做好但却不太合身的西服，相貌显得不很出众。可现在身穿淡蓝色衣衫，身材高挑，面容苍白消瘦，神情有些漠然，令人不禁感到确实是位高雅的中国贵公子。与其说我想看林季商的这个不肖子，不如说我对这位名门美少年的游玩的样子更感兴趣。

小郑向林正熊低语了几句，他笑着进了另一间房间。这时他弟弟进来了，他交给那朋友两张唱片。弟弟约十七岁，很有些男子气概。兄弟俩一点也不像，不知是否因为哥哥像母亲而弟弟像父亲？那朋友拆开了像是刚到的新唱片的封口，走到房间一角的留声机处放起了唱片。唱片里唱的是北京的歌曲，他边听边哼，十分入迷。而林正熊的弟弟似乎是知道了兄长与朋友的去处，对一身白袍再次出现的哥哥揶揄着些什么。

外面月色皎洁，我在日本从未见过这么明亮的月色。到码头时，月色与水色相互交映，愈发亮了，简直是白得耀眼。因为这月光，远远望去，厦门街市的灯火宛若萤火一般微弱。我们登上了舢板。不久，舢板在英租界码头的稍稍下游处靠了岸。这一定就是寮仔后了，刚才在水上时我就已听见这里传出的琵琶声。

下船过了一条小路，就来到了一条灯火通明的街道，横穿街道后有一条小巷，小巷的一边有个有十多级石阶的房子。我们上了二楼，先在这家游玩。这里名叫“月红堂”，好几个女子一拥而出，纷纷向林正熊打招呼，然后给我们每人一把瓜子——西瓜种子的晾干物。这些女子之中有一个特别美丽，小郑用眼睛朝我示意了一下，说道：“她就是小富贵！”她容貌果真非常端庄秀丽，我正打算仔细看她时，小富贵已含羞到了别的房间。这时从别的屋里出来了一些别的女子，又给了我们一些瓜子。

小富贵换上天蓝色盛装，再次出来后，林正熊就催促小郑和我离开这里。小富贵带了一个像三十多岁的女佣，和我们一同出来。原来，由于我和小郑还没吃晚饭，所以林正熊就打算带着小富贵和我们一起去吃饭。于是，我们就去了附近的马玉山街的西洋菜馆。事后我才知道，在厦门带歌妓外出的话，客人要付银元十元——太贵了！小郑说不光是外出，在厦门虽然物价只有日本的三分之一，最多也就是二分之一，但只要是与女人有关的事，就都贵得不得了。

小富贵在饭桌旁只是作陪，既不向我们劝酒，也不说些无关痛痒的笑话之类使客人高兴。但是美女本身就是一种品质，静静的含羞微笑之中，反而越发显示出她的价值。林正熊不时说些什么，以讨小富贵的欢心。小富贵面前虽放有酒菜，但她要么只尝一口，要么就全不动手，都给了她的女佣。女佣约二十五六岁，是福州人，头发按当地风俗，用一个剑状的大簪子束着。她似乎直率地说了些什么，使大家都笑了起来，只有我听不懂。小富贵只是常向女佣说说话，不知她是真的不饿，还是为了保持风度。她真正吃的东西只有冰淇淋。我用英语向林正熊询问小富贵的年纪，可能他以为是问他自己，就答道："二十三。"我又追问道："是她？"他才答道："十七。"我不知小富贵是否真的是林正熊的爱妓，但两人并肩而坐的样子，显得十分相配，他们若是对爱侣那该多好啊。至少若是要我写爱情小说的话，我就写他们俩。

我再次仔细地打量坐在斜对面的、总爱低着头的小富贵。在我至今为止见过的女性（自然也包括日本的女性）中，她是十分出众的，确实可称“真美”——小郑的赞美丝毫不过分。她的耳朵及耳后宛若磨玉，鼻子端正，下颚可爱。她的美不是艳丽，而是清丽。假使她的纤细的双眼皮与亮晶晶的乌黑眸子中不含羞涩的话，年轻人也许会觉得她美得冰冷，难以接近。但当她起身时，从后面看上去，则是细腰纤纤，冷艳素香。要是有相片的话，我就带回日本给喜爱女色的朋友观看，一定会被奉为至宝……

出了西洋菜馆，我们又回到了月红堂。林正熊为我们叫了歌妓在各种乐器的合奏中唱歌。这里所说的各种乐器，首推琵琶。我记起以前曾在一家人家中见到过琵琶，它的颈部上下方用螺钿玉镶镂着“江山千古芳，绿水一特新”的诗句。在中国，琵琶和弦琴（相当于日本的胡弓）是最平常的乐器。歌妓们在只用一种乐器伴歌，而非几种乐器合奏时，往往选择琵琶或弦琴。看着歌妓们拨弄乐器，我顿感白居易《琵琶行》中对妇人弹奏琵琶的那段描写，真像写生一样。接着合奏的乐器包括琵琶、弦琴、发出爆响的小鼓——爆鼓、如金属的太鼓的锣、被称作喇叭的唢呐、相当于西洋乐队所用的铜钹的大钹和小钹，以及拍子——戴在手腕上的两片竹片，以相互撞击来打拍子。这么多乐器合奏的北馆（即中国北方风格的音乐），称为“开天冠”。我们听的即为开天冠，据说地处南方的厦门地区，现在基本上都是北馆，而没有南馆了。因此，我一次也没听过相当于北馆“开天冠”的南馆 “打茶围”。

单从以上列举的众多乐器看，大家也不难想象所谓的中国音乐，是如何地喧哗，甚至于简直有些荒谬了。更不可思议的是，正是这喧哗的乐声，把平素可称为“乐聋”的我——我自认为至今从未真正体验过音乐带来的愉快——的心灵引入到一种难以言状的昂扬的状态。这在我自己也是惊讶不已。又或者这昂扬的状态是源于我的好奇心？或是源于那夜的旅人情绪？抑或是中国乐器的野蛮程度正适合我的野蛮的耳朵？

无论如何，在那喧闹的，好像暴风雨一样，又如暴风雨中正在下沉的船只一般的，由各种各样的声音构成的嘈杂的合奏声中，我忍耐了三分钟后，竟在不知不觉中全部忘记了这一切的喧嚣；而且，对于巧妙穿行在这种无与伦比的吵闹声响中的歌妓那又细又高的歌声，我听得入了迷。她的声音统御着喧杂的乐器声，越过了它们，在其上建筑了一种奇妙的静穆世界，只有它留在了我的心里。若用比喻来说明的话，这是否如听见正在沉没的船中传来爱子叫声的父母之心呢？或是与恋人永别后坐在夜行列车里的旅客，耳边虽是车声隆隆的行进之声，但却充耳不闻、全未在意，只感到列车角落里蟋蟀的鸣叫声中那沁入心灵深处的寂寞。又好像在高烧时，一边脑中浮现儿时游戏于岩石、清水之景，一边腋下生汗的心境。烦躁正如难抑的本能一样易被唤起，而沉静则如理智一般总是在旁伴行。这就像在紫色天鹅绒中，特意夹入丝丝细银。我现在感到，中国音乐是有意识地狡猾，先予人以喧嚣，刺激人的心灵与耳朵，等到人们对此已习惯、能够忍受之时，才加入音乐真正的中心——歌声，优雅地抚慰人们的心灵和耳朵。换言之，这就像爱与憎同时涌上心头，爱的感觉会因憎的存在而更加强烈一样。中国音乐中隐藏着的东西，不是略似古代悲剧作者使人情绪高涨、涕泪交加的秘密吗？古代的悲剧作者们，总是在设置无限的纠纷之后，再给予单纯的净化。

总而言之，平素自叹毫不懂音乐的我，在那晚听了“开天冠”之后，开始承认音乐统摄人类灵魂的巨大作用了。而这一点，是我在自己故乡的音乐中尚未体会到的。——我当然知道，自己原先就对音乐一窍不通，而且在厦门时所听的又非权威歌妓及奏者的音乐。只是自己这一感受确是事实，所以大胆写了出来。——接着，按照顺序听了各位歌妓的演唱之后，我遗憾地发现了人无完人的真理——美丽的鸟儿的歌声通常不动听，小富贵的歌声简直是平常之极。歌妓中有唱得出色的，但我忘了她的名字了，只记得是一位脸较平坦的女子。我想了解厦门歌妓一般叫什么名字，就问了小郑，并写了下来。以那晚月红堂的女子（也许称少女更为准确）为例，有“千里红”、“夜明珠”、“金兰春”、“小富贵”、“小容贵”、“花宝山”、“花宝仙”、“金小凤”、“月红”、“花魁”、“月乡”、“小宝玉”等等。在别的机会下，我也曾记下过台湾歌妓的名字，如“柑仔”、“却仔”、“阿招”、“锦仔”、“玉叶”、“宝玉”、“宝青”、“宝莲”等等。所以，两地似乎多少有些差别。“柑仔”、“锦仔”中的“仔”大概与我国①人名中的“××子”是

① 译者注：指日本。

一样的吧。

离开月红堂，我们在路上又遇见了两位青年，这对屈氏兄弟看来也是林正熊的朋友，于是他们也加入了我们这一伙。我们上了名为“宝凤堂”的妓楼，又听了“开天冠”——后来小郑告诉我，客人要付八元银元才可听“开天冠”。除了我不太喝酒之外，其余五人均是一番豪饮。虽然正在演奏“开天冠”，但大家丝毫没有听的意思，只顾与不唱歌的歌妓们说笑。我想这些女子一定和日本艺妓一样，在说一些粗俗无聊之事吧。可惜我什么也听不懂，这些异国的、快活的言语，在我的耳朵里只如鸟鸣之声。

出了这一家，我们来到今晚的第三处游玩地——东园，这里不是妓楼而是茶园。这时我得知，我在初至厦门时，从大船换乘了舢板驶向码头的途中所看见的露台，就是这家之物。当时我在舢板上看见一位身穿藤色衣服的可爱少女正俯靠在露台的铁栏杆处，颇为危险地屈身逗弄着地面上的猴子或是鹦鹉，或是猫狗甚或是孩子什么的。——当时我因在舢板上，所以没看见到底是什么。这家只有几个女招待，我们在这儿没有听歌，只吃了女招待给的瓜子，喝了茶休息了片刻，就离开了。

出门之际，女招待们七嘴八舌地说着什么，宛若鸟叫——当然是送客的话。歌妓们也有自己的送客语，叫“再来坐”，与普通人送客时的话一样，所以我自然而然地就记住了。但是，我却听不懂东园女子的话，于是问了小郑。小郑告诉我她们说的是“Una Kia”。我很想知道它的文字写法，小郑说因是俗语，所以没有文字，可能是“慢走”之讹吧。总之，是“请路上小心”之类的意思。日本的艺妓都说“再来坐”，而饭店女招待则说“慢走”，看来用语在哪里都相同——我在无聊之中发现了一丝乐趣。

出东园时已是十二点半了，我以为大家要回去了，但大家再次——不，是第四次——寻欢，到了一个新妓楼。那里好像叫作“庆云堂”。与前三家相比，它的好处是房子上有一个屋顶花园，设有座位供客人们坐。那里除了我们之外，还有几群别的客人在饮酒赏月，听歌作乐。其中的一群在听“开天冠”，演奏者中有数人是我们在最初的月红堂、后来的宝凤堂里都遇到的，看样子这儿并非每个妓楼都有自己固定的“开天冠”演奏者。

我的同伴们喝多少酒都不觉得够，到庆云堂后更是重新开始畅饮，我对他们旺盛的精力有些生畏了。

他们都只有二十二三岁，念及此，我不禁深深感慨自己已经年届三十，同时又认识到了自己是多么不适应逢场作戏的场合。他们为助酒兴，已开始猜拳行酒令，我不会猜拳，于是又落为了孤单一人。妓女们不时想起悄然在一旁的我这个异国人，就过来一个劲儿地劝酒，待酒杯空了，再加新酒。我谢了谢她们这种不时的关照，独自欣赏起空中的满月——月光如水，乡愁亦如水。我不是易醉之人，并且醉过一次再醒来后就决计不会醉第二次了。于是，我就这么静静地体味渗入心胸的乡愁，或眺望高高的月亮，或看看月下玩兴正浓的同伴。随后口中不禁用本国语言反复低吟起艾兴多尔夫[①]的那首《思乡》中的一段——艾兴多尔夫好像也是如我这样随口吟诵而作成这首诗的。

谁要到他乡去漫游，
一定要带爱人同行。
别人都在欢呼，而让
异乡之人孤苦伶仃。

① 译者注：艾兴多尔夫（1788—1857），德国诗人、小说家。

其他的客人不知何时已纷纷回去了，可我们这一伙人看样子一点儿也不想离开。他们点了“开天冠”，我们的歌声伴着那暴风雨般的乐器声飘到周围很远很远的地方。无论是在别处的妓楼，还是在庆云堂，刚才还四下里响着的弦歌声与谈笑声现在都止住了，只剩我们的声音，我们是那晚厦门最后的游玩者。我悄悄掏出怀表一看，现在已经是早上三点了！

我们总算离开了庆云堂，到了来时下舢板的码头。我们的歌声一停，厦门就一下子寂然无声了。到底是玩累了，大家谁也不说话。码头上涨潮的潮水，几乎快要溢上道路。我们中的一人大声叫道：“船家！”

“船——家——！”在这极其狭小、道旁却是成排的高大房屋的码头上，回答我们的是山间的回声。我们再次呼唤船家，仍只有回声作答。第三次呼唤时，与回声一起传来了一声“应！”，随后是船桨划水的声音。我们六个人登上了那只舢板，桨的每一下划水，都揉碎了月影。在这因满潮而显得比湖水还要平静的水面上，我们是唯一的一只舢板，划桨产生的水中涟漪，一直波及很远很远。不知是什么灯火，厦门岛远处渔民部落附近的唯一的灯影，细细长长地映在水上，随着泛起的涟漪而微微颤动。月下小船的速度很慢。按理，一只舢板的乘坐者不可超过五人，而我们加上船家已有七人了。在洁白的月光中，七人仿佛穿了白衣，立在舟中，谁也不想开口说话。我那醉得迟钝的、仿佛病态地透明起来的大脑里，突然觉得这是个可怕的场面。前方水面上有几个很大的漩涡，好像是因为潮水下面有岩石之类的东西，这令我非常不安。我掏表一看——在月光中，秒针的走动也清晰可见——往常不到二十分钟的航程，今天已花了四十多分钟，而且离岸还有一段距离。月亮已经西倾，夏夜的天空已开始泛白了。在船家为避开漩涡而改变船向的时候，我不经意地看了看溶在月光中的他的脸。船行之慢，也并非全无道理了。在洁白的月光下看去，这位载着寻欢作乐后精疲力竭，甚至无法说话的年轻人的船家，不是一位满脸皱纹、一辈子过着如水鸟一般的船上生活的老人吗？大概是上了年纪的人睡觉时易被惊醒的缘故吧，他才第一个应答了我们的呼唤。

这时，我那对行舟缓慢的不满，以及由疲惫的神经所产生的无名恐惧，都消失得无影无踪了。剩下的只有对这老船夫的同情与哀伤……

漳州

到厦门的第十二天是农历六月十七日。

一早醒来，我看了看枕边的怀表，还不到六点十五分。大概是接受了大前天没赶上小蒸汽船的教训，今天我醒得特别早。从床上起身向窗外望去，乌云密布，甚至连灰色的天空本身也仿佛就要落下来似的。每天早上在窗前树枝上快活地歌唱的小鸟，今天也胆怯地沉默了。但是我已约好了今天前往，如果今天不去的话，也许以后再也没机会去了。于是，我没多想就匆匆起来，又匆匆出了门。——我想看看自到厦门后就一直有各种传闻徘徊于耳边的漳州，还有占据那里的陈炯明的治理措施。又听说，近两周漳州军将要与广东军决一死战，这更增添了我的好奇心。

小郑——就是从台湾的打狗开始，一直陪着我越过海峡来到他自己故乡的小郑——替我拎着包，送我到码头。他本来是要和我一起去漳州的，但临时有事，必须得明天乘船回打狗。我只好忍耐着诸多不便，比他晚三天乘开往基隆的船回台湾。我想，干脆趁这个机会去看看漳州，而且别人也是这么劝我的。因此，我们今天码头道别，只待四五天后在台湾再见了。在这四五天之中，我将独自一人，留在这陌生的异国土地上。

和小郑告别后，我登上了舢板。待在这艘从鼓浪屿开往厦门的船上时，天空果然下起了倾盆大雨。十五分钟的行程中，我的柞丝绸西装全部湿透了，雨水甚至渗到了皮肤上。船到了英租界的码头后，我上了岸，向镇那街的新高银行分行门前走去——今天将陪我一起去漳州的三个台湾人，应该已在那儿等我。但是已经到了约定的七点钟了，他们还是没有来，我只好悄然站在简直要打穿洋伞的瓢泼大雨之中。不久，他们从对面过来了，看到我后打了招呼。原来，刚才他们一直在店里买杂货、药品等。这三人是大前天旭瀛书院（设在厦门的日本小学，由当地的台湾公会经营）的冈本先生受我之托替我找的翻译兼向导——包括该书院的教师徐朝帆和余锦华，另外还有一位我没见过的绅士。寒暄后我才知道，这一位叫许连城，毕业于台北医校，现在在漳州开业行医，同时在漳州军兼职，具体说就是援闽粤军的一等军医。

本来这里到漳州是有火车的，地图上也标出了这附近唯一的一条铁路——据说叫作漳厦铁路，十多年前修的。从厦门乘小蒸汽船到嵩屿，剩下的九十七里（这里的“里”是中国的距离单位，下同）就可以坐火车。但现在因为内战，铁路已停止使用了，因此我们只能乘小蒸汽船去。本来由于厦门到漳州有一百多里，我应该去领事馆领取内地旅行许可证，但我嫌麻烦，再说即使没有许可证，谁也不会说什么的，所以就没去领它。

我们要乘的小蒸汽船浮在离英租界不远的水面上，船上早已挤满了人，几乎连让我们舒服坐下的空间都快没有了。再说这船吧，它大约是隅田川的蒸汽船的五倍大小，像个怪异而老掉牙的代用品，让人觉得从船底到引擎的钢铁似乎无处不在冒烟。好在现在雨停了，但我又不安起来：在这靠不住的低垂雨云下，在如此破烂的小船上，挤着这么多的人，万一沉船的话……我向四周看了看，没人显得担心害怕。可能的确没事吧，但是中国人一向不慌不忙，心安理得，他们的这种安心可靠不住。要是等到沉船时才惊慌不安的话，那可就为时已晚了。万一真发生这种事，在这个日本人不受欢迎的地方，一定没人会救我这个日本人的性命的。又或是我被人找碴打架，万一被推落水中的话，恐怕不会有人来伸手救我……我胡思乱想着这种不可能发生的事情，不时看看周围。——这也是因为船总也不开，令人觉得十分无聊之故。同时，也是因为在这拥挤不堪的人群之中，我是唯一的外国人的缘故。船似乎早就可以开了，但它就是不开。我们的船要上溯的河流的河床很浅，为了使船能向上游尽量开得远些，每天必须算准当日涨潮的时间。可是即使在涨潮的时候开船，也不能到达漳州。所以，我们在中途必须换乘吃水浅的河船。

昨天小郑的朋友周先生告诉我，漳州中学的英语教师朱雨亭也将与我同船，并给了我他的介绍信。但是在这人群之中，我实在分辨不出哪个是他。据说，周先生也告诉了朱先生我今天与他同船一事，这样的话，若朱先生稍稍机灵点，认出我这个船上唯一的日本人，并招呼我一声“对不起，请问您是去漳州的日本人佐藤吗”的话，该多好啊！对了，这句用英语该怎么说？反正我是不会说。朱雨亭先生会不会也因为这句话的英语太麻烦而在等我先开口呢？不可能！他和我不一样，他可是英语教师……话又说回来，东京的朋友要是听说我用英语交谈一定很高兴吧——此时此地，我突然十分想念东京了。汽笛缓缓响了，船像是要开的样子。已经九点了，我们竟等了将近两个小时。但是，好在天气似乎要转晴了。

小蒸汽船从鼓浪屿的外侧绕到了内侧，先要横穿鹭江。我们遇到了三四次在海上航行时常见的暴雨，使得船中着实骚动了一阵。但这毕竟是从江口向内河行船，所以没碰上什么摇动船体的大风大浪。只是四周因雨而朦朦胧胧，我再也看不见前天在集美的归途中所见的景色了。此外，船篷因破旧而严重漏雨，所以大家都在它的下面撑着伞。这也没什么。从他们伞上落下的水珠，滴滴答答地不断打在他们的脖颈、肩膀以及帽子上，他们却宛若不知；可是一旦我伞上的水滴，哪怕是一点点，滴到他们那儿，他们就立刻瞪起眼看着我。这时候，船员推开众人来卖船费牌了。这种牌子是把竹片的顶部削成紫萼状，再染上红墨水之类而制成的。看上去有些像小孩子的玩具，倒挺像中国人的风格的，非常有意思。因为今天下雨，所以牌子是平常的两倍价钱——六十钱。这就是厦门到石码十七海里的船费。船上的早饭馄饨是一碗十二钱。

所有卖掉的牌子，到最后要再次收回。

当船员来收回竹牌时，坐在我旁边的一个老头儿好像刚才没有买，现在正在付钱。他坚持说现在是晴天，只付三十钱。的确，刚才来卖牌子时虽在下雨，但现在已经在渐渐转晴，微弱的太阳也出来了。他的说法倒也不无道理。尽管，这个老头儿握着三十钱，从刚才开始就一直观察云彩移动的行为，总是令人感到有点怪。

起航后大约一个半小时，船前方的左侧就出现了一个名叫海澄的小镇，沿支流南溪和主流西江的交汇处建有码头。这时天气渐明，在蛋黄色阳光的薄照里，码头上停着三四十只扬着帆的帆船。周围一带尽是秃山，只有南溪两岸的水中倒映着葱葱绿色，令人向往。南溪之水与我们所过河流的混水相比，显得格外清澈。即使在融入主流之处，水也保持了一段清碧。我猜想“海澄”这个名字，大概就是由此而来的吧。总之，这一隅的绿树绿水，就像回忆儿时的事时的定格一样，显得特别鲜明。站在远远的船上望去，这个小镇颇具日本风光。我想起了自己十多年前游玩过的九州岛原附近的一个无名渔村，它的入江处与这里的情趣完全相同。后来，我听说这里明末时是倭寇的根据地。——我不知道生活在杀戮中的他们，在这里是否也像我一样怀念故乡的风景？在海澄附近，我们的船暂时停了下来，就这么浮在河中。不久，从海澄清澈的水面上，驶来一叶舢板——原来我们的船在等它。我想可能是要让乘客上舢板去，但事实并非如此。舢板上有几个漳州军的士兵——据说最近对每一只船都要检查，看看有无可疑物品。他们有四个人，上了蒸汽船后就叫我们开船，然后在船上四处查看。他们看上去有些耀武扬威。听说这一带近来时有小战——也许称不上“战”，只是小小的交火吧，我感到果然有几分这种气氛。左岸随处可见不太大但却很高的正方形建筑物，它们的墙壁是白色的，别人告诉我那是枪塔。

不久，也即离开海澄约三四十分钟后，小蒸汽船到了石码。我们在这儿下了船，准备换乘河船。在快竣工的花岗岩石壁旁，果然停着许多等待客人的河船。因为正是十二点，旅客们要先在石码吃中饭，所以我们定好河船后也先去城里转了转。石码并不大，据许连城说，这里是漳州的门户。因此，漳州军在改建其根据地漳州城的大街小巷时，也把这里改建了一番，修了公园，开通了漳州石码之间的道路等等。那壮观的花岗岩护岸工程也是他们所为。许先生到底是漳州军的军医，言辞之间对漳州军颇有袒护——尽管陈炯明的所作所为在外面是毁誉参半。现在的石码已扩展到了原先的三倍大小，看看到处残留的以前的房屋基石，就可明白这一点。新的道路约有近十米宽，两边的房屋并不是厦门街市上那种肮脏却带有某种凝重气氛的红砖建筑，而是新建的、单薄的、模仿西洋的白色建筑，有些像小小的电影院。在这种意义上，我认为石码变糟了——中国的传统美荡然无存，而同时新兴的势力又极其微弱，简直如同可有可无的骗局，令人感到不安。考虑到这些变化仅仅发生在一年之内，现在也算是可以理解的吧。然而道路确是宽广便利了。当我说到在这种路上可以使用人力车时，许连城道："想用人力车的话确实是能用，现在也有人这么提议过。但是漳州政府认为这种人拉人的交通工具是不民主的，因而禁止了。"

大路的尽头是公园，这里原是城郊的田地，后来人们填平田地，在上面修建了这个公园。看那布满铁丝的木栅栏，就可想见它有多么粗俗。公园里种有一些奇怪的树，一边的角落处有一个呈趴伏状的研钵形人造斜丘，上面新种了草坪，草还不是很茂盛。我在这因下了雨而泥泞不堪的“人造土丘”上环顾四周，仿佛是为使公园名副其实似的，只见附近开着一些不大的红花，也许他们认为这就可以算是公园了。在山丘上简陋的亭子中，一个男人正悠闲地坐在白木制的凳子上。

光看这所谓的公园，（虽不免性急了些）我就开始有些讨厌陈炯明了——在此之前，我只有纯粹的好奇而绝无好恶之念，可现在看来，这人也许只是个投机的骗子。即便人格上并非如此，但至少他在漳州地区的所作所为，似乎并不是完全的建设。我作为一个旅行者，以旅行之人特有的不负责任之心，虽未免急了些，但已在对陈炯明毁誉参半的种种议论中，在毁与贬的那一端，开始加上自己小小的砝码。

陈炯明是何许人？在漳州干什么？当时当地的内乱又是怎么回事？

回到厦门，不等我询问，便能听到各地关于陈炯明的种种传言和议论。综合这些传闻，情况大致是这样的——

陈炯明是广东人。起先，他在广东拥兵自重，但被莫荣新的广西军打败，不得不逃离广东。于是他率部来到福建，称自己的部队为“援闽粤军”（支援福建省的广东军），当然他就是总司令。他拥兵的目的，据说是为了把不统一的中华民国建为一个联邦共和国，即在中国讲不同方言的地区，先建立各自的地区政府，然后由这些地区的独立政府再形成一个联邦——中华民国。这就是他们的理想。

福建地区也有人持这种理想，但当时的福建地区尚未形成这样的集中势力。福建省最德高望重的人是林季商。对于陈炯明人福建一事，虽有人表示不欢迎，但林季商不知出于什么考虑，决定欢迎陈炯明。由于地方上的人皆服林季商，因此大家就依顺了林季商，没人再反对了。另一方面，他们即使拒绝让陈炯明入福建，看样子也胜不了他。于是，陈炯明凭借自己的势力，再加上与林季商的默契，不战而入闽。

陈炯明自任为省长，随后就按自己的构想，开始改造这个地处漳州平原中心、广阔但街市古老破旧的漳州。他试图以中国人自己的双手，在这偏隅之地建成像上海、广东那样由外国人建造出的文明街市。首先是市区修建。他们修了公园，在道路四方设立了公家的市场，在龙溪沿岸的坚固岩石一带修筑了护堤工程。除了这种市容上的改变，他们还设立了卫生会，规定在瘟疫流行时全漳州的西医必须义务出诊。又创建了贫民教养院，市民按贫富被分为三等，每年上等交十二元，中等交六元，下等交三元，作为贫民教养院的基本维持费用。他们还设立了国民学校，强制实施义务教育。国民学校既有官办的，也有公立的，公立学校的基本经费来自地方上的物产收入。此外，还有工读学校，即教授工业工艺技术以及一般普通学科知识的实业学校；以及农林学校，进一步还要创办农业实验所。现在他们已经向法国、美国派遣了若干留学生，从明年开始，还要每年向日据的台湾派遣十名学生。他们还发行了教育杂志（月刊），以及名为《闽星日刊》的报纸，在上面发表文章，鼓吹他们的理想。报纸全部是口语体的白话文，陈炯明自己是主要骨干，几乎总在执笔。因为他们的思想是社会主义，所以这份报纸作为"危险激进刊物"被禁止进入厦门。

大约在一年的时间里，陈炯明让漳州的街市面貌一新，把上述计划付诸实施或着手准备。人们对他议论纷纷——"不管怎么说，他很了不起。""什么？他打算这样干到什么时候？不过是吹牛皮、煽起假繁荣的气氛罢了。""他总是想出各种点子来收税，这太过分了吧！强收的税中，用于所谓的计划、工程之类的只有一点点，甚至可以说十成都是进了他自己的腰包了吧。要不怎么养得起那么多的部下！”“但是陈炯明自己的月薪只有二百元，而且他还没结婚，每月从这微薄的薪水中只留四十元作为己用，剩下的钱全寄给故乡的母亲。”相当于大尉军衔的一等军医许连城兼开业行医，据说每月有八十元收入。这样算来，任总司令的陈炯明的确收入不高。我又听说，士兵的月薪是八元。可有人说：“士兵都是无赖，当兵只是副业。赌博自不用说，甚至还干强盗的勾当。”但是，在当地即使每月只有八元，也够一个男人生活了。

漳州军现在实际人数是两万人，其中只有将近两千人是陈炯明从广东带来的，可以说，他们是随陈炯明出生入死的精锐部队。拥有两万兵众的陈炯明，必须向市民征收军费，这是一个很沉重的负担。听说一年中，多时曾一次征收了十五万元左右，一般的征收也不下万元。对于爱惜钱财的中国人来说，这是最难忍受的事情了。私下里的不满之声时有所闻，现在还有愤愤不平的人说：“陈炯明并不是真心要发展漳州，他们是在广东被逼得待不下去了才来福建的。他正在随心所欲地搞垮福建，福建不像是广东的殖民地吗？”很多人觉得以前福建人自己治理福建挺好的，没有让广东人来帮助治理的道理，因而心里颇为不平。

这些人中就有安海的许督莲。在袁世凯当政时期，他住在厦门，是一家报社的社长。当时他顺应民意，以尖锐的笔触大肆抨击北京政府的各种弊政，结果得罪了政府，被赶出厦门。于是他逃到了离石井（该地因是郑成功之父郑芝龙的故乡而闻名）不远的海滨小镇安海，在那里实践自己的理想。他把附近的荒地开垦为罂粟田，与地主均分所获的鸦片收入，再把自己所得的钱用于地方的各种建设事业。例如他出钱在附近一带铺设了铁路——虽称铁路，但实际上走的是台车，即轨道上的手推车。在可以说绝无陆上交通之便的那一带，用台车运送旅客及货物已是超出人们想象的天大的恩惠了。自任国士的许督莲虽已近壮年，但尚未娶妻，只与一个八十岁的老母亲相依为命。他克尽孝道，深受全城人的敬仰。

许督莲对陈炯明颇为不满，于是就派密使去他一向敬重的林季商——林当时是陈炯明的参谋长，但似乎不太得意——那里，说道：“请您早日离开陈炯明来安海吧，许督莲将以他在安海的全部力量拥护您。”但是林季商念及与陈炯明的交情，更重要的是他的父辈祖先是因在太平天国之乱时尽忠国事而升至提督的，遂谢绝道：“若因与土豪合作而被误认为是土匪之首的话，那我就要愧对名声清白的列祖列宗了。”

好像是在早春的时候吧，一天，厦门港里突然来了许多帆船，码头上立时挤满了从船上下来的大批男女老幼。询问后，原来这些人都是从安海来的——安海的街头巷尾正在交战。“我们总算是命大，逃了出来。”“敌人是谁？”“云南军。”云南军是一帮七拼八凑的土匪。遭受突然袭击的安海虽然落入云南军之手，但数日后他们就撤走了。于是，拥戴许督莲的安海市民又迎回了许督莲。然而，当许督莲回来、安海正要恢复往日的宁静之际，云南军突然又一下子冒了出来——看样子他们的撤离是有预谋的。这第二次的袭击成了持续三天的街巷肉搏战，安海可说是全城覆灭。“死者三千，处女全无。”——厦门的报纸上如此形容。最奇怪的事是，相传在这场骚乱中，许督莲八十岁的老母亲受到了云南军的轮流侮辱——他们笑着用手猛打这位老人身体的某处，待其肿大，而后又干了某事等等。这一事件不仅是出于他们野兽一样的好奇心，而且是对有孝行的许督莲有意进行的最大最露骨的侮辱。据说，许督莲之母悲愤地投井而死。

很多事情和理由显示，云南军在安海的这种令人发指的行径是受了陈炯明的指使。许督莲向林季商派去的密使不知何故向陈炯明告了密。此后，陈氏遂对许氏怀有极大的反感。但因双方主张一致，没办法公开向许氏挑战，只好隐忍未发。所以，这次是陈炯明暗地里唆使云南军做出这一举动的吧——若无后盾，无论是兵力，还是军用物资方面，云南军都不会有如此强大的战斗力——这就是一般的看法。许督莲也心知此事，因此只身逃脱的许督莲向陈炯明下了决斗状，发誓终其一生要报此不共戴天之仇。关于其结果如何，厦门方面还没有报道。但是，安海之乱的始末渐渐明朗之后，陈炯明的威望就一落千丈了。

害怕因与土豪合作而被认为是土匪头子的林季商，看到陈炯明其实也和土匪无异，表面上虽仍显得与其没什么龃龉，但是却辞去了漳州军的参谋一职，带着自己的手下隐居于漳州附近的德化。人们也因此认为，这位虽说头脑也许有些简单马虎，但人品高贵的人，把当地混乱的责任归咎于自己一身。因为德化向来是瓷器产地，因而他开设陶窑，用古风的手法尝试制陶，意在以这种托身风流的方法来排遣心中的郁闷。

现在，到处传言引起了这么大非议的漳州军，近日要与广东军决一胜负了。厦门的人议论纷纷："漳州军的决战还早着呢！""但是，这次是真的要打了。陈炯明现在势力那么大，他肯定想早日卷土重来，打回故乡。""再说他已经以各种名义榨取了漳州的财富，现在再待在漳州也没什么名义可以再榨钱了。"在这里，一个应该注意的现象是，极其冷淡地谈论陈炯明的人多是日本人，而台湾人却都说"不管怎样"——多多少少对陈炯明的见识与作为持有同感。这使我不得不感到，一直抱有被统治意识的台湾人，大概在陈炯明的主张中，找到了给予他们几许安慰的东西吧。

有人说："这次漳州的决战，两军要出动飞机进行空战，到时候大街小巷都会化为一片废墟。"可是当问到飞机在哪里、有几架时，又没人答得上来。还有人说："别说飞机，连飞艇参战的事我都没听说过。"——传言是五花八门，但决战这事本身大概是真的。听说漳州现在已陆续有人回乡下避难了，许连城先生也说打算让家人去厦门避难。

我们在石码由小蒸汽船换了河船，沿龙溪逆流而上。据说，龙溪是福建第二大江。

同船的人中，加上我们一行四人，共有十二三人。船——这种船也许该叫舫吧——的大小足以让我们这些乘客躺下，它的圆顶由茅草之类的东西修葺而成。现在，我们正扬帆前进，天完全放晴了，耀眼的阳光穿过云缝，在水面上闪闪跃动。虽是太阳正盛的时候，但水上还是很冷。尤其是我们又坐在无顶之处，风就特别大；再加上这里刚好是帆影所在，一点儿阳光也没有——但我们可以自由自在地欣赏四周的景色。

“这里土地很肥沃，肯定比台北附近的田地更适于农耕。即便在那山上，只要种了树，就一定会很茂盛的。”徐朝帆先生眺望着微风中芦荻摇曳的两岸土地，以及稍远处的裸露的丘陵，不断地发着感慨。他生于台北附近的一户农家，因此，看到这开阔的土地立刻就兴奋起来。他十分有兴致地观赏着四周的景物，后来似乎累了，就让船家拿来枕头，躺下休息了。船家顺便也给了我一个枕头——这里所谓的枕头，是一个直径约五寸的竹筒，一面被削得正好可以稳当地放置。这种竹筒枕着又硬又疼，但是很耐用，感觉很凉。这一带的人睡木床，坐石凳，自然是不在乎这竹筒之凉了。我最初两晚在厦门的中国旅馆睡觉时，一点儿也受不了那木枕，但后来也就习惯了。

在我们的河船船尾附近坐着一男一女，除了船家外，船上的人都躺下了，只有他们俩从开船时就一直并排而坐，亲密地相互点烟，一块儿吃糕点，不停地喃喃细语。那情形甚至让人觉得，两人是因为想在一起说话而故意避开众人，找了那么个地方坐着。男的三十二三岁，女的可能二十四五吧。男的正当盛年，却并非盛气凌人；女的微胖的身材虽乏吸引力，但却有着颇为艳丽、整齐的长相。她穿了件黑色广东丝制衣服，手腕上戴了两只相叠的翡翠和黄金手镯。我不了解当地风俗，不会区别良家妇女与教坊的妓女，但从她的言行举止看，总觉应属后者。随着帆影移动，每当两人头上有阳光时，男的就打开那绿色里子的绢制洋伞，撑在女子头上，女的也象征性地把自己小巧白嫩的手指搭在伞柄上。不知他们俩是夫妇还是情人，他们的微笑与私语仿佛永无休止。我不由觉得，两人现在的心情一定就像两只看不见的美丽蝴蝶，互相陪伴着飞向高高的碧空——那真是令郁郁不乐的孤单游客艳羡不已的倩影。但愿你们能永远这样，永不知闺怨与伤春为何物，永无因怨恨命运而伤心追忆今日江上快乐时光的那一天——若日后有人知道我这次出来旅行的真意的话，一定不会笑我这一番感触了……

我的视线由他们俩移向了在船上正干得起劲的年轻船夫，他回我一个无声的微笑，又继续奋力划桨，黝黑的双腕上暴起的青筋与肌肉随之鼓动。他大概是船主之子，也许不到二十岁，身材高大，只是一只眼中有个斑点。他干活的动作十分敏捷，他父亲也在船上，但不大干活。他一会儿按父亲的意思命令船员调节风帆，一会儿为赶超前方的行船而迫不及待地抢过舵手手中的舵，改由自己来掌，于是我们的船便颇为有趣，精神抖擞地超过了前面的船只。就这样，因为我们四人在石码观光而延迟出发的这只船，不知不觉中加入了最前面的几艘船的行列。年轻船夫干活的麻利、体格的健壮、嘴边不断的微笑中流露出来的快活，以及眯缝起一只眼的神态，为这平凡的旅程增添了几分浪漫的情调。

因为一直朝着一个方向枕在竹筒上，不一会儿我的头和脖子就疼了起来。于是我换了个方向，却不意中发现眼前有张英文报纸的纸片——它是用来包裹与我们刚才吃的蛋糕类似的糕点的。无聊之中，我捡起它，弄平上面的折皱，看了起来。上面登着街市房屋的情况并附有照片，还有篇题为“木制建筑的经济价值”的文章等等。它的体裁类似报纸，但应是建筑杂志的残页，那小小的活字展示了一个与现在这只船全然不同的世界。我这么随意地看了一会儿，不知不觉中也像大家一样进入了梦乡。当我听到众人的喧闹之声睁眼醒来的时候，只见在船前方稍远处，一座长长的石桥跨在夕阳映照下的水面上——这就是漳州的旧桥。回头向下游方向望去，无数船只正一个接一个地鼓足风帆，逆流而上。现在是四点四十分，大概五点就能到目的地了。正像那年轻而又快活的船夫说的：“有时要六个小时，不过像现在这样的风的话……”——我们的船只用了四个小时就走完了这三十海里的水路。

船家收起风帆，放下桅杆。在穿过旧桥之后，对面又出现了一座长石桥，它叫新桥。船停靠在右岸由漂亮的花岗岩建成的墙壁处，那里有一段石阶。我记得船费是八十钱。

我们先去了离岸较近的许连城先生的宏仁医院，

放好随身行李。许先生必须去看看他一直挂念的病人，因此就让一个十五岁左右的男孩替他陪我们参观。稍后才得知，这男孩其实是许先生的长子。我稍觉奇怪：许先生年纪与我们差不多，竟已有了这么大的孩子。后转念一想，也许是由于台湾人普遍结婚很早，所以这也是很自然之事吧。徐朝帆先生和余锦华先生虽在厦门住了两三年，但也是第一次来漳州。

在日落之前的一两个小时里，我们就由这个男孩带领着，在漳州城各处观光。这里的房屋像在石码时见到的那样，要么是在修建中，要么是明明已经造好了，却仍显得像在修建中那样没安定下来。首先映入我们眼帘的，是乡村邮局、牙医诊所以及城中的理发店、电影院等等林立的情景。这些房子是在道路扩建时由政府出资重建的。——当然，部分改造资金并非来自政府。夹在两边房屋之间的是一条宽约数米的铺有石头的大道。这里的石甃是一大问题。为一丈石甃，两边住户必须各出二十五块银元。厦门那里对此议论纷纷——至多五元的活儿这里却收了五十元。这漂亮的石甃，在我们日本人眼中看来，以日本的行情计算，五十元也是很便宜的。但是，因为在鼓浪屿，砖石构造的漂亮洋房，一平方丈也只要九十元或一百元。并且漳州这儿铺的石头并非新凿制运来，而是从旧城墙上拆下来的东西，因此五十元的价钱确实是太贵了。说赚了十倍也许稍微夸张了些，但三五倍肯定是有的。此外，还有并非用上好石板，只是细石铺设的街道，也要两边住户各出十五元。未铺石头的土路也如此。而在这五十元的道路上的行人们——嘿！就如东京的三田街那样拥挤杂乱、川流不息。漳州城内外人口据说总共有十五万，而在街上来往的行人中，有七成是穿草黄色军装的士兵，他们在随意地溜达着。

不知从哪儿不断传来军乐队的声音。

不久，我们到了公园——它确实名副其实。夹竹桃花正在盛开，公园里有草坪，围绕草坪的是一条圆形小径。大红花一簇又一簇，各处的树荫下放着许多涂成天蓝色的长椅。在长椅上、草坪中，以及各条小路上，“草黄色军装”们自豪地或卧或走着。天空暮霭缭绕，一片赤红。公园的入口处——我们从后门进来，一直走到前门出去——耸立着三丈多高的石碑，其表面镶着青铜板，板上刻有“博爱”、“平等”、“互助”、“自由”四个词，分别位于石碑的四面——这倒令人想起了法国大革命时的三大口号。一处树荫下有一方水池，池中有喷泉装置，但喷泉装置中没有水——至少我是这么记得的。

男孩领我们逛了公园之后，穿过公园把我们带到了东门附近的公家市场。但我们看了也等于没看。更糟的是，一旦我有不明白之事询问余、徐两位先生，他们就都奇怪地显出很不高兴的样子。余先生好像忍不住了，拉拉我的衣袖小声说："最好少说日语，这里的人很讨厌日本人。"看样子好像与我这个遭人厌恶的日本人同行也给他们带来了很大麻烦。有时我的问话不由自主地脱口而出，也只好硬生生地把后半截又咽了回去。我们毫无兴致地从排列着猪的内脏的地方穿过，出了市场，来到城的外围地带。这里也到处都是士兵，他们正在折下龙眼树枝吃龙眼肉。男孩指着西边的山向我们介绍着什么——山上笼罩着红色的暮霭，似乎很热，朦朦胧胧看不分明。我问余、徐两位先生男孩在说些什么，余锦华只是简短地答了一句："他在说那座山。"

结果，看完了那座我一无所知的山，我们再次回到了城中心。男孩走到一个十字路口处停了下来，想了想，就带大家去了一个有许多士兵的地方。从那里的气氛中，我察觉出那是妓院的一角。据说陈炯明把分散在大街小巷的妓院全都集中到这里，在街道的拐角地带，一家接一家大约有五十多处。我们看到了四五块好像写有“上海某某女士”之类的招牌并排悬挂着。有一家传出阵阵琵琶声，从最大的那家妓院中不断飘出弦歌之声——这家位于拐角处，看上去颇为不错，所有妓院中只有这家围着木制围墙，里面好像有个庭院。木围墙是临时所筑，十分粗糙，上面有许多缝隙。我好奇地往里望去，只见有一个大池塘，在那混浊的水面上，穿着军服、少年军官模样的人正与妓女泛舟游玩。

很自然地，我们再次来到了公园。这时，由二十多个士兵护送的一顶大轿正从那儿经过——大家都目送着它。轿子里坐着一个四十多岁、穿中式服装的绅士。后面还跟着一个轿子，它的护送士兵人数约为前者的一半。轿中垂着帘子，里面是位妇女。我一瞥之下，隐隐觉得应是位二十五六岁的美女。我们正目送其背影之际，又有一顶轿子由三四个士兵护送着从我们身边经过，它好像故意比前面两个轿子慢了五十来米。因为没放下轿帘，所以我们可以清楚地看见轿中妇女的容貌——她年轻端庄，看上去像少女似的，穿着水色衣衫，还不失体面地回头看了看我们这一群人。当她从面前经过时，阵阵茉莉花香袭来，也许是头发上所饰的吧，她的容貌真是令人难忘。余先生问道："是陈炯明吗？"徐先生说："不是，是浙江军的军人。"我问："为什么？浙江军的军人现在都来了吗？"看上去并没有证据证明这一定是浙江军的将军。余先生与徐先生时常会这样毫无根据地想象，倒也是蛮有趣的人。不管怎样，我在这儿姑且自己断定轿上是一位大人物，还有他的夫人；而那后面的轿子上的，多半是二房吧。

大家都有些累了。刚要在长椅上坐下的时候，走来了两个穿西装的青年，看样子其中的一位正巧是徐先生他们的朋友，他们便站着聊开了。这青年也是台湾人，但他却在用日语与别人谈话。我无意中听到以下对话：

"我一直在做那个工作，但总不见成功，因此放弃了。现在又有了新的打算。"

"是什么？"

"与以往完全不同的工作。"

"赚钱的事吗？"

"嗯，可以这么说吧——我想饲养蜜蜂。这一带有很多龙眼、荔枝、芭蕉等等，鲜花也不少，所以我想这主意一定行。”

“是啊，很好啊。这儿的土地非常适于农耕。”——说这话的好像就是从河船上开始，脑子里就一直考虑这个问题的徐先生。

归途中，我们绕道去看了孔庙。庙的木制部分在手可触及的范围内已全被剥去了——这一定是寒冬中聚于此庙的士兵为取得生火的木材而干的。现在，庙里有七八个人团团围坐，正在专心地干着什么——可能是陶醉在下棋之类的事中了吧。我们回到了宏仁医院，但是主人许连城先生还没有从病人那里回来。据他留下的话，说是要和我们一起吃晚饭。在等许先生的时候，我们提出想去河那边看看。

一出宏仁医院的后门，便是河岸。一个年轻的士兵不知怎么掉进了水里，正在挣扎，一群纳凉的人站在四周作壁上观，就像在看一只落入水沟的猫一样。可能是河水本来就不深吧，那士兵好不容易从水中爬了出来，上了临近的一只船。他直打哆嗦，脸色白得吓人，看着十分可怜。我在黄昏中，在花岗岩墙壁外约二尺来宽的白色石路上，看着这一切缓步而行。这时，从旧桥上不断飘来弦歌之声。旧桥上有一座祠堂，据说是为了防止水害而修建的观音堂，音乐声就是从那儿传出来的。我们不约而同地向河流下方的旧桥方向走去。沿着岩石砌的墙，有许多用绳索连系的河船，人们可以从岩墙处登木梯上船。河船上点着灯，不时传出喝酒谈笑之声——这就是所谓的花舫吧，这里约有二十多只花舫。

在旧桥的观音堂中吹管弄弦的，仍是穿草黄色军装的士兵们。祠堂附近，许多纳凉的人正凭栏而立。人群中穿行着三四辆大板车，它们正向对岸奔去。忽然，大板车中响起了猫叫声。我想这一定是预想到决战而逃避战祸的难民的车子。东面的天空因月出前的白光而变白了，月亮马上就要从那儿升起了吧。在一群异乡人中，耳边充斥着喧哗之声，我一只胳膊撑在石栏之上，眺望着远方的天空。此时的我，精疲力竭而倍感饥饿，心中只剩下浓浓的哀愁。

读者们一定厌倦了我这散漫的叙述了。虽然在读者面前我没必要拘束，但若总这样写的话，就不知这对一年前的回忆要到何时才能结束，这实在太让人为难了——再这样的话，我恐怕连在路旁玩耍的猪的尾巴的摇摆方向等等都要回忆起来了。

我在漳州住了两天，头一晚住在一个名叫中华旅社的中国旅馆，第二晚在宏仁医院。我原先打算投宿的有温泉的旅馆正在改建，我们晚上在它的门口张望时，还以为它停业了呢。我们选的中华旅社，比我在厦门住的南华大旅社要干净，并且服务上也热情得多。如此一来，还可凑合一夜。——即使是对于我这个实际上不以洁净为美德的人来说，南华大旅社也实在是太脏了。

中华旅社住一晚外加早饭是一元二十钱，我们早上离开旅社时，把三人各出的二十钱合计六十钱[①]交给一位五十岁上下、留着辫子的仆役（不知中文应如何称呼），他单膝跪在地上，双手举向空中，用了一种唱戏似的、甚有古风，但又有些超乎常情的殷勤的礼节，不但目送我们直至大门口，还详详细细地边用手指边告诉我们去中学的路，几乎让人觉得有些啰唆了。

我去官立中学探访朱雨亭先生，学校正放暑假，所以朱先生不在。又听说他家在很远的城外，因此我就在学校里留了个口信，大致内容是：若朱先生回校，请告诉他某某日本人来过，现在正在名叫许连城

① 译者注：此处似有错误，应为三元六十钱，但原文如此。

的医生家里。这学校古朴典雅，大门外有四根石柱，上面生动地雕有飞天之龙，龙上涂以金色或朱色。穿过大门，有一条小道，它的左侧有一长方形的大水池。从水池沿岸的柳树间向远处望去，池对面立着以水边的石头为基石的银灰色墙壁，上面有一些小小的八角窗。走过约八九米长的石桥，就到了校舍大楼。里面有小屋数间，复杂地弯曲的走廊、石阶等，显得颇有诗意。询问后才知道，这里是清朝时那些胸怀青云之志，来有考棚（考试地）的此地考秀才、禀生、贡生的少年们的住宿之处。建筑物的这半个部分平时充当孩子们的教育场所，另半个部分则成为中学后面的师范学校——这是我日后遇见了朱雨亭先生，他向我赞美学校时为我说明的。另外，他得意地说，因为是从前之物，房间又小又暗，所以最近要改建。虽是他人之事，但我还是不禁担心：不会又变成一个电影院之类的东西吧！

考棚在芝山的山脚处。芝山上有仰止亭，据说此亭是朱子讲经之地。他讲经时附近蛙声不断，于是朱子对青蛙说："我正讲道，快停止你的叫声。"于是，蛙声戛然而止。"仰"听了"停止"——这就变成了亭子的名字。朱子很感激这听话的青蛙，为了纪念它，就在其脖子上系了观世缕——后来就成了一道白线。因此，至今在芝山的一些洞里，还有一种脖子上有白线的青蛙。——这个传说也是小郑告诉我的。他因为自己不能来漳州，就把他认为我应知道的有关漳州的事儿全部做了说明，并一一写在了我的记事本上，包括漳州的人口、地势、物产——米、纸、砂糖、芭蕉果、荔枝、龙眼肉、竹笋、丝、印泥等等。漳州水果数第一，当地的水仙花也是驰名世界的商品。他还写下了值得参观的地方——公园、仰止亭、考棚、景色优美的西门外、南靖桥、漳州第一的御寺南院。得益于小郑的这番费心，对于漳州的情况，我知道的居然比应该是我的向导的徐先生和余先生还要多。我向他们举出小郑告诉我的应游览之处，可他们除了公园外，什么也不知道。

我终于拜访了许连城先生。他昨晚因为病人的病情突然恶化，没能和我们一起吃晚饭，觉得很过意不去。今天，他还是让其长子领我们去参观。徐先生问道："我们想去仰止亭，它在哪儿？"许先生回头看看儿子，颇有些父亲架势地、稍稍不满地说："你没领他们去仰止亭啊？"男孩一脸的不可解之色，说："昨天我明明对他们讲过仰止亭了。"再仔细一问，原来我们在城外所见的士兵们摘龙眼肉吃的山，便是芝山，仰止亭就在芝山上。这么一说，我们好像确实看见了亭子一类的东西。看样子，看着那山却什么也不明白的，不单是我一个人。这样一来，要怪就应该怪明明不懂却偏要装懂的余、徐两先生了。——他俩颇有老师之风，不喜向别人发问。同时，当被问及自己不知道的事情时，也是甚为生气。听了仰止亭的传说，徐先生突然对它产生了兴趣，不仅要遥望，还说今天要上去看看。我自然是赞成的了，但余先生看上去却不太感兴趣。他一路之上，无论在参观什么，总是叫着："真热！真热！"而且，接连几个小时都是愣愣的，一副没精打采的神情。他只有二十三岁左右，在我们三人中是最年轻的。对于仰止亭，他是一副"那种地方也要去？"的表情，但又没法反对，所以就只好附和了。

在去芝山的路上，徐先生说想给冈本带点礼物，于是想要去买印泥。我们便去了某一条街上的印泥店，那里最上等的印泥是不足四十克而要银元十八元的。这家店历史悠久，制造方法颇具传统，因而闻名全中国。徐先生要买二十克，其时，从里面出来一位白髯老者，在微暗的店角，单手持一把小秤认真地称出印泥的重量，又一言不发地到里面去了，这给我留下了深刻的印象。

出了这家店，我们又走了很长一段路。默默地走甚为无聊，所以我就边走边看家家门口贴的横联或竖联。于是，我有了一个发现——在一般的横联语句如“万商云集”、“珠玉满堂”、“五福临门”、“贵客常临”、“天官赐福”等之外，在这面目一新的漳州街市上，相应地出现了反映新思想的语句。我现在还记得的，有“输新文明”、“世界更新”、“人民平等”等等。说到新思想，那天早上我在许先生家里浏览了一下有名的《闽星日刊》，这是把两面的普通报纸折为四面的小报，用的是九磅的活字。第一面上登着法国留学生何某对社会主义学说的翻译。在外国电报栏的开头一栏里，写着“日本三井公司职员大淘汰”的标题，下面用很大的活字登着“资金××亿，职员×万，号称日本第一的大公司三井，一次性淘汰了职员×百人。……作为中产阶级的一大恐慌，引起诸多社会问题”云云。中间是柯罗连科①原著、何某翻译的连载小说，这倒很少见。我本来为作日后参考买了一份这期报纸，但不知遗失在哪里了，以后再也没找

① 译者注：柯罗连科(1853—1921)，俄国作家。

到。当时没仔细看柯罗连科写的是什么，又是如何译的，真是很遗憾。不知有多少人抱有何种程度的兴趣来看它，但在报纸上登载柯罗连科的小说，确是一件很高尚的事。

向行人问过路后，我们总算找到了登仰止亭的入口。这个入口处是朱子庙，现在成了军队的驻扎地，因而，我们被一个马夫模样的人训斥了一番，说是不可入内。无奈我们只好从竖着一块写着“漳州农事试验所预定地”的牌子的地方，有些鲁莽地开始登山，山上尽是刺草，我们的手指都被刺破了。上了这个没有路的山坡后，眼前是一个搭起的帐篷，还有七八个士兵、两门大炮，炮口冲着与街市相反的方向。徐先生走上前想询问是否可以去仰止亭，却突然在胸前出现了一把枪刺。

我们好不容易登上了仰止亭，果然像余先生的神情所示，这里没有什么特别之处。只是当我们脱去上衣，领略了透体的万斛凉风，再往东南望去时，漳州全景，集于眼底。从这里看漳州街市，发现它比想象的要大。芝山背面，是一片片黑压压的树林，全是果树；山脚下是甘蔗田。这一派丰饶的丰收景象令农家长大的徐先生大饱眼福。

下了山，有一座废弃的、用红砖墙围住的建筑物，好像被用作了炮兵驻扎地。后来我才知道，这就是考棚的废屋。我们来到了西门外，这边由于地势较低，龙溪之水流了进来，感觉像半个湖泊。在树木繁茂的水边，散布着些许人家，颇有些水乡特色。在这景色的一角，有一座高塔，名叫龙门塔。后来有人告诉我，这样的塔是出于一种地势迷信而建造的。由于漳州在地形上水与土的关系呈撒网之状——我不知这是什么意思，总之是显出那么一种相貌，而龙门塔一带就是网的收束之处，所以若不重视这个位置，漳州的土地就会遭受水灾或其他灾害。因此，人们就在这个位置上建造了龙门塔。别的暂且不论，单就它与四周风光的相辅相成这一点，也值得赞叹——我甚至想，是不是哪位聪慧高雅之士，为增添风光之美，遂巧妙利用俗世想法而建造了旧桥上的观音堂和这龙门塔的呢。龙溪流域的水害十分严重，就在两周前，这里还发过水。我们原本想去一座小桥处，可到那里一看，它已被水冲走了。路边的树干上，有一丈左右的部分染成了泥色，这是浸泡在水里的缘故。

在一棵大荔枝树的树荫里，三十多个穿草黄色军装的家伙正围在一处，把二十钱的银币往一件脱下的军装上堆高赌博。旁边有一个卖粗点心和零食的茶店，一个老人正在里面煮茶。

这次漳州旅行结束后大约过了一个月，我在报纸上看到了如下消息——漳州军终于与广东军进行了决战，并且以如此破竹之势攻到了汕头、潮州一带，据推测，不日将攻入广东。其实在此之前，我就通过台湾的报纸，一直关注着漳州的情况。譬如有个旅行者曾在报上说，漳州的税收日益加重，每头猪征税三十钱（？），每只鸡征税十钱（？）等。我还看到有报导说，漳州民众生活得苦不堪言，对陈炯明怨声载道。我一边看着漳州军终于与广东军决战并占了很大优势的报导，一边想起了在漳州观光的那日黄昏，所见落水挣扎而后费力上船的那个士兵脸色苍白、浑身哆嗦的滑稽而可怜的样子。那样虚弱的士兵所组成的部队竟然打败了广东军，可见广东军是如何不堪了。另一方面，人的感情的确很奇妙。我只在漳州玩了两天，但就因为这样一点点原因，我就不禁希望漳州取胜。一个多月后，当我游览完台湾的日月潭、埔里社以及番夷之地的雾社和能高山等地，回到了台中的街市，把两周游览期间的报纸放在手边翻阅的时候，我从某日的新闻中，读到了漳州的陈炯明攻克广东的消息。

我的那篇《星》，是以住在许先生的宏仁医院二楼的那晚，睡前从徐朝帆先生处听到的一个故事为核心，展开写成的。那一晚，我一边看着十八日的月光从少窗的中国房子里的有些力度的天窗——杂乱地插在屋脊瓦中的玻璃中漏进，洒落在我的脚边，一边穷于应付有臭虫的毯子。虽然已是深夜，但不知谁家的孩子似乎仍未休息，也不知从什么地方，不断传来弦歌之声。我久久难以入睡，后悔地想，为什么不在水上花舫中度过这样的良宵呢？……黄昏时我们曾谈到过这事，可……即使是今天，回想起来，我仍然颇有悔意。另外一个遗憾，是没有去看江东桥。小郑在说漳州城外三十里处的南靖拱桥值得一看时，漏说了江东桥，我对此甚而有些恨意。关于江东桥，厦门日本侨民会发行的《厦门事情》中，有如下记载：……在离同安县道的漳州五里处，有座著名的大桥，建于唐代，长约二百五十米，以长近二十米、宽一米六、厚两米的巨大石材建成，等等。虽然我自我安慰："即使去了，看到的也可能不过是平常之物而已。"但我还是感到十分可惜——竟然没有去看我那般憧憬的唐代遗物而空回！

朱雨亭其人及其他

这篇文章是小说《那些度日的人们》中的一个片断。它虽然不是游记，但中间插写了一些我在游记中所漏掉的事情，所以我给它加了个“朱雨亭其人及其他”的题目，并附录于此。

朱雨亭其人及其他

……远未有想写点儿什么的心思，即使硬是要写，能写的东西也可以说没有——不，也并非什么都没有。那种素常在我心中，无论如何以我自己的力量都难以驾驭，一言难尽的某种感情，正充斥着胸臆。我不知道如何来写这纷乱的满腔心事，而且也觉得不能把它硬写出来。然而，不把它向外宣泄的话，我的心即使现在也鼓胀得几乎要跳出来，痛苦得几乎透不过气。

这并不只是比喻。我在这一刻，才真正明白了求死之人的状态。人类在单纯的精神痛苦下是不会自杀的，只有精神上的痛苦达到极限而转化为生理上的东西时——就如处于最剧烈的病痛的顶点的病人，急不可耐地指着自己的头或胸口，对守护着的人大叫："快点在这儿开个口吧！"那时的心情一样。并且，这事得是由他自己亲自动手，才会有自杀之举。我瞬间地，但又不止一次地，体验到了濒临这种状态的感受。我有时甚至想，如果把如此纠缠不清且痛苦不堪的心情全部一吐而出的话，自己一定会痛快一些；若那时还不能痛快，就能以自己所写的东西为遗书而自杀了。实际上，我有时也想不存问世之心，只是纯粹把它先写下来再说——但马上便嘲笑起自己幼稚的浪漫主义。好在这样一来，一时间心情倒也平静了下来。

我的内心不知不觉、自然而然地学会了对于自己边自重边自嘲，对于我所怨恨的那男子既存着极度侮蔑而又不再怀有敌意的方法。但是，不管我多么努力地想忘掉她，总也没办法做到。最初，我试图用憎恨她的方法使自己疏远她，但我实在想不出什么可以恨她之事，甚至连一丁点儿线索也没找到。每每想起她，我非但不怨恨，反而思念得更加厉害了。那时，我的心里就只剩下了爱恋。提笔写的是给她的信，但她却决计不会收到的。这并不奇怪，因为我不把信投入邮筒，只是封上口放进了自己的抽屉。我知道自己过于痴情，但还是至少写了长长短短近二十封她大概一生都不会看到的信。——“记下近日相思情，论功可封五品官。”这首和歌是谁所作、何时流传下来的呢？似乎是在《万叶集》里的吧。我写完信痴想了二十多分钟后，突然想起上面那首《万叶集》里的和歌，于是凝视着桌上的信件，无聊地跟自己开玩笑道：“不知谁会付我这信件的稿费。”接着，勉强笑了笑。

我那么深情地写的东西并不是文稿，但是我又必须写点文稿——世人认为我是不必为衣食之忧而写作的，这是误传。假定我的父亲有什么恒产的话，自然可以这么说，但事实并非如此。另一方面，此时我已是十九二十岁的人了。而且不管有什么复杂内情，如何没存犯错之心，总归是与有夫之妇，且是朋友之妻的女人堕入了情网。谁又能以因这事而无法工作为理由向父母或兄弟厚着脸皮要钱呢？再加上我已六十岁的父亲及母亲已察觉到，由于这些纠葛，很长时间以来我几乎是完全不动笔了。不知是父亲还是母亲，曾经偷偷往我房内看了一眼，见我在桌上写东西，就变得非常高兴。因为稿纸相同，他大概以为我写的是什么作品吧！但那只是我写给她的信。

“你写出什么了吗？”父亲偶尔会在吃饭时这样漫不经心似的问我。我只好狼狈地糊弄道：“嗯，没呢。因为怎么也写不好所以又全撕了……”口气含糊，仿佛在自言自语。这样下去的话，我会变得什么也写不出来了吧。且慢，这样下去是什么意思？我奇妙地，并非针对任何人地起了反抗之心。同时，我也觉得必须得写点什么。说是出于面子也可，说是出于志气也可，还有几许是出于对父母和那位大概其后一直挂念着我的女子的安慰。另一个原因是，正如我曾经于别的机会、别的场合中所写的那样，从那时起，我的乱买东西、胡乱花钱的老毛病又犯了，以至于做出把未完成的、三四年前的旧稿拿出来卖钱之类的浅薄之事。没有了零花钱，我一直蔫到了心里。再加上近来天气潮湿，一直下雨，已不适合我前些日子那种外表看上去挺有精神地在大街上各处闲逛的生活了。还有，我想安慰一下自己悲凉的——不，我不再使用这样漂亮的词语了——只是疲惫之极、孤寂乏味的窝居生活。我觉得无论如何都要写点东西了。

但是，所谓的小说——主要描写人们思想冲突的小说，我本来就不会写。即使不是这样，在这对于人生倍感压抑厌倦的日子里，我也实在是写不出来的。或者可以说，我是中了发生在自己身边的，如小说般的现实之毒了吧。所谓小说，一定要具备坦率而勇往直前的男子汉气概，对人生的悲剧决不逃避，也不轻率地喜怒感叹，才能写得出来吧。我以前时常写的东西，简直是一个奇怪的童话般的世界。可是现在的我，疲惫不堪，思维混乱，即使要描写这样的世界，也不能无拘无束地、整个身心地投入。

这样想来，我好像最终还是什么也写不成了。但是我必须要自己努力设法写点什么，况且我又开始觉得写什么都可以了。于是，我在又一次的冥思苦想之后，决定写游记。我可以按回忆写，回忆时只有欢乐，而不会有痛苦；还可以凭一时兴致，写回忆起的事物；此外，不管结果多么没趣，都可由措辞添乐。而另一方面，我若能完全沉浸于对一年前的旅行的回忆的话，至少在写游记的这段时间里，是能忘却“今日”的吧。而且，那样用脑的话，一定会很疲劳，这样我晚上也许就能睡好觉了。“就这样！就这样！”我拼命鼓励着自己，开始起草名为《厦门采访手札》的游记。

我是以一种可以说自暴自弃的笔调胡乱地写《厦

门采访手札》的。由于回忆中的过去总是美丽而愉快的，再者所写的又是我所喜爱的异乡，所以可以说，我达到了忘却“今日”的目的。但是，在这些回忆的间隙里，在我文思阻滞之时，“过去的日子”就会结束，我的思绪就会不知何时、不知因何契机而迅速从旅行的事情跑到了“今日”的事情上。——尽管那使我烦恼不堪的事发生在旅行结束后不久，和旅行没有任何直接的关系。我一心想忘掉现实，因此不顾文章的前后状况，只管往前写，就如同被驱赶着一般孜孜不倦地、拼命地往前写。我又拜托别人故意频频催稿，用这种方法使写好的东西从我这儿不断地被拿走——这样的话，心肠软弱的我，为不使讨稿者空手而归，就只有拼命努力写作了。同时，我做事虽爱凭一时的兴致，但又过于认真拘束，喜欢再回头看看先前写好的部分。因此，为了防止自己因厌烦先前胡写之处而中途停止，最好的办法就是使写好的原稿不在身边。天哪！我一边用了这么多方法，一边自暴自弃地写着……

我不知道所谓的记忆，到底残存在人们的心灵或脑海的哪一部分，但现在它成了一股神奇的力量——我就在这神奇的力量的作用下，从不久前的事物开始，以自己喜欢的种种事物的唤起顺序为次第，把它们杂乱地写了出来。就这样，我一边赶着《厦门采访手札》的稿子，一边挣扎于进展不快的困境中。当这种感觉在我自己的心灵及脑海的各个角落漫游彷徨的时候，一天晚上，我想起了自己曾经遇见过的一个人。起初我只是不经意地记起了他，而后我却想稍写一下其人其事了。

这个人的名字，是朱雨亭。那是在我从厦门出发，想前往当地内乱的中心漳州考察的时候的事。原先的向导因故与我分别，因此去漳州时，我将没有向导陪同。后来我好不容易找到了两个同伴，这是在出发的前一天才定下来的。就在同一天，在厦门热情关照过我的周先生递给我一张名片，并对我说：

“我向你介绍他吧。这位二十四五岁的青年人，是漳州中学的老师。两三年前来的漳州，精通当地的地理、历史及现在各方面的情况。他是个认真的新思想家，而且对日本也很有兴趣。我对他提起过你，他也非常高兴与你结识。今天他来厦门，明早和你乘同一只小蒸汽船回漳州。明天你肯定能在船上碰见他。我已跟他说好了，大概他会先认出你来，和你打招呼。他叫朱雨亭。”周先生指了指名片上写着的“朱雨亭先生”几个字，又接着道，“他是英语老师，因此尽管不会贵国语言，但一定可以用英语和你交谈。”周先生自己也是用英语和我交谈的。

我觉得这很顺利，因为那天我虽然已经约了两位同伴，但他们也是第一次去漳州，且我感到他们无论从哪方面而言，都不像是善解人意之人。他俩都是台湾人，所以会些日语，这就是唯一的可取之处吧。但那日语也着实说得令人心里着急，也许还不如我的英语会话能力有用呢，从此也可想见其日语的糟糕程度。

第二天，我登上了逆流而上、去漳州的小蒸汽船。船上挤满了人，使人觉得十分危险。出发时间比我们预计的晚了半个多小时。在船开之前，我一直在想：朱雨亭会在哪里呢？但是，我在这一大群人中，根本不可能认出他，因而只有寄望朱雨亭早些认出我这个全船唯一的日本人了。我边这么想，边像替自己做广告一样，不时从座位上站起来向四周张望。随后，我又告诉了两位同伴自己在找人，我想只要他们稍稍显得友好一点儿，我就请他们在人群中喊一声：“朱雨亭在不在？”但是这两个小学老师可能认为那样做不雅，并且本身也不愿意那样做吧。“在这样拥挤的人群中找不到吧。”他们咕哝着，又继续聊自己的话题了。这时我甚至想，倘若可以用自己的语言——日语的话，我就自己起身大叫：“请问朱雨亭先生是哪一位？”我心里是如此依靠朱雨亭，可是始终没有任何人向我打招呼。于是我想：朱雨亭也许今天没上这船，那么只好到漳州后去他的中学看看再说吧。于是，我便不再找了。

那天，无论是在船上，还是其他地方，我都没被朱雨亭认出来，我也没能认出他。到了第二天，我一大早就去中学找朱雨亭，但因正值暑假，他没去学校。我又想去他家，可听说他家在城外相当远的地方，于是我只好死心了。可是又想起周先生说过朱雨亭也想见见我、了解日本的情况，所以我就在学校里留下了当日自己的住址和名片，请别人在朱雨亭万一来校之时转告一声。

从中学回来，我与两位同伴怀着不浪费这短暂逗留的一点点时间的想法，由另外一个居住在当地的台湾人的儿子领着，去看了街市的古城门、新建的市场和公园等地。这个男孩年纪不大，但眼珠灵活，显得十分聪明伶俐。他的态度要比我那两位同伴干脆许多，但他和我之间毫无能够沟通的语言。当他站在什么东西面前，抑或是指着远处的什么详细说明之后，我的同伴们只替我译了少量而且不得要领的内容。那男孩在一旁以一种好奇的眼光看着这一切，又注视着我的眼睛，似乎在说："我说得那么清晰明了，你都懂了吗？"我虽然很喜欢男孩的导游，但为不能与他直接对话而心里着急，又为同伴的过于迟钝而生气。所以，我一心只愿次日能由朱雨亭先生来做向导。但是次日仍不见朱雨亭先生。于是我们这一日仍由男孩领着，几乎转遍了可看之处并不很多的漳州城内外。在太阳光最毒的时候，我们回到男孩的家里，按当地习惯睡了午觉，一直睡到临近黄昏。

我们全都睡醒后，就在家门口附近坐着闲聊。这时，两个青年向这里走来，其中的一人看上去认识我的同伴，立刻与他们打了招呼。然后我的同伴就告诉我："朱雨亭来了。"我 得知来的这两人中就有朱雨亭，马上就起身相迎。朱雨亭就在我面前——到现在为止和谁都没怎么说话的青年，大概就是朱雨亭吧。他没有仔细看刚从椅中起身的我的脸——一定是刚才注视过了吧，并且在与我说话前用中文小声对他的伙伴说了些什么。他的伙伴（就是刚才与朱先生谈话的青年）立刻用在台湾人中也属上乘的日语对我说道："朱先生说如果是你的话，他已经见过两次了，现在正吃惊呢。"

"什么，已经两次了？在哪儿？——一次也许是船上吧，可另一次呢？"我大为惊讶，不禁用了一种自然而随便的口气，一种不同于平常谈话时的语气。对方告诉我，一次是昨天傍晚时在公园里，另一次是在小蒸汽船上；而且两次遇见时，我们离得都很近，应该都互相看见了。我又一次不可思议地、仔细地盯着朱雨亭的脸：原来如此！我那般辛苦寻找的人——朱雨亭，竟与我相遇了两次，而且当时两人还相距不过一米多。岂止如此，船中自不用说，在公园里我们也是相对了二十多分钟，这些全是真的。

我又记起，不单单是这两次：我在小蒸汽船上，在朱雨亭尚未上船、还在舢板上正要上小蒸汽船时，就已经注视过他了——他就是在小蒸汽船开船信号响后急急忙忙地下了舢板，颇为危险地登上来的我们那只小蒸汽船的最后一位乘客。当时我正好坐在船舷边，他匆匆地从我身边走过，白色西装的袖子擦过了我的肩膀。我那时甚至想：现在才上船，在这么拥挤的人群中坐哪儿呢？于是回头向他望去，看见他走进了我斜后两三排的人群之中。那里还有一个穿西装的青年，好像与慌慌张张的他是朋友。青年旁边有两个姑娘，这两个十五六岁的姑娘在这荒落的船中最引人注目，看样子是这一带极少见的女学生。我从刚才因船久久不开而想排遣无聊起，就不时注意她们。她们一定是这一地区的所谓激进新思想之地——漳州的女孩吧。不光是发型，她们的表情、动作之中也透出一股毫不做作的泼辣之风。因此，开船以后，我也自然地时时向那边望去。当然，同时我也就注意到了那个几乎要迟到误船的、坐在她们身旁的青年——他就是现在站在我眼前，介绍自己是朱雨亭的人。

也不单单是这件事，我与朱雨亭不是还并坐了二十多分钟吗？那是昨天傍晚、我与两位同伴由那伶俐的男孩领着在公园散步时的事了。我的同伴们偶然发现公园草坪上的一个熟人，于是就站着聊开了。那位我不认识的青年像是台湾人，却说着十分流利的日语。我的同伴们说厦门话，而他却一直以日语回答。那位青年说：“我一直在做的事很没意思，所以放弃了。今后想养蜜蜂。”加上另外的事，大约说了二十多分钟。我无心听他们的交谈，可他们总也说不完，于是我便在附近的公共长椅上坐了下来。那位打算养蜜蜂的青年的同伴——他看样子也与三人的谈话没什么关系，这时就走到我坐的长椅边也坐了下来。他，那时在我身边坐下的青年，正是朱雨亭。那时说想养蜜蜂的青年，就是现在在朱雨亭与我的交谈中起着重要作用、充当翻译的那个青年。据说朱雨亭在船上一眼就看出了我这个日本人，但他依据周先生的话，认定我是孤单一人、无任何同伴地来漳州观光的。因此，虽然看见了我，但觉得与周先生所说的有所不同，就认为不是同一个人了。我们大家按各人方便混用着日语、英语、厦门话，说了好一阵子，总算把朱雨亭和我奇妙的失之交臂的前因后果弄清楚了。

“那么，观光结束了吗？”朱雨亭这么问我——好像是这么问我。我现在感到到目前为止的交谈中，朱雨亭与我的直接问答是多么地困难了。这是因为在我听来，朱雨亭的英语发音实在难听，就像笨拙的日本东北地区的人的声音，并且说话中又时时停顿。他作为一个英语老师，学问是有的，但发音太糟了。而从朱雨亭的角度，也可以说我的发音是如何地不好和难听吧。不过，在习惯了英语的人听来，我和朱雨亭也许是半斤八两。的确，我几乎不会英语。但是与周先生也罢，小郑也罢，还有别的许多人，我们用英语都勉强互相表达了意思。只有与朱雨亭，我俩怎么也相互沟通不了。

于是我指望着有人给我翻译而用日语答道:“基本上都看过了,只剩下一座叫南院的寺院了。”

还是那位要养蜜蜂的青年替我译了,然后不等朱雨亭回答就自己答道:“那么我们一块儿去那儿吧,它离这儿不远,晚饭前就能回来。”

我们就由他带领,参观了南院——现在是驻扎在当地的援闽粤军的红十字医院。朱雨亭当然也去了,但是语言障碍使我们宛如置身于两个不同的世界,而且中间没有相通的道路。就这样,我和朱雨亭在往返的途中,几乎都没怎么互相说话。

朱雨亭与我是这种情形,而与此相对,那位说要养蜜蜂的青年,凭其流利的日语,告诉了我许多事情。途中,我们经过旧桥时,他说旧桥的南半部又叫仰驾桥——这来自一个有趣的关于正德皇帝的传说。传说正德帝要体察民情,因此虽贵为天子,却经常微服私访。他大约到过四百多个州,也来过漳州。当他过这座桥时,看见一个贫穷的妇女正在桥脚处,向有气无力地过桥的自己行了数百次礼以迎接他。看到这个贫贱女子能认出乔装的自己,而且这般尊敬自己,正德帝既惊又喜,此后他就把这座桥叫作仰驾桥了。

只不过这位应该通民情的天子，却不知在桥边向他数百次行礼的女子，不过是在水边洗衣服而已……

小说、戏剧中关于正德帝的传说还有很多。说要养蜜蜂的青年还给我讲了“正德帝游苏州”的故事。这是一出戏剧，说的是苏州的某酒馆中有一个叫白牡丹的美女，她虽身份卑贱，却是世上少有的贞烈女子。到苏州私访的正德帝也听到了关于白牡丹的传说，就把她叫来见面。一看，果然是绝色美女。正德帝迷恋其姿色而向她求爱，但遭到白牡丹的严词拒绝。正德帝见白牡丹这么看重操守，反而更加喜欢她，就告知了自己的身份。但白牡丹不相信。于是正德帝就当着她的面脱去外面的袍子，露出了里面的龙服。他下旨要封白牡丹为后，与她一起去京城。谁知途中雷电交加，最终白牡丹死于雷击。这剧的教育意义是，白牡丹确是容貌与品德兼备，但作为皇后仍缺了点什么，所以硬要使她成为皇后的话，她只能死去。——当时我只不过是将之作为中国人的不合理的故事记住的，现在回想起来，仍然觉得它确实很愚蠢。但是，在它极端的关于自知之明、盲从命运——这种卑微的道德观念的说教中，我现在体味到了一种与总是认为自己卑微渺小的中国人相符的悲凉的东西。

朱雨亭与我经历了那么奇妙的失之交臂之后，才总算找到了彼此，可找到以后又因语言不通，就像没遇见一样。可朱雨亭与我的无缘并不仅此而已。那天傍晚，街上华灯初上之时，在从南院归来的路上，朱雨亭对我说："今晚我要去看一个朋友，明天我和你一起去厦门吧，这样，我们在船上还可以多聊聊。"

我答应后就与他道了别。但是到了第二天早上，我才发现因语言难以沟通而有意简化的约定中，漏了一个重要内容——我到底在哪儿等他呢？是朱雨亭来这离河岸很近的我住的地方邀我，还是我去河岸自然而然地遇上他呢？于是，我和同伴们商量了此事。他们说不管怎样还是先去河岸为好。可是到了河岸我发现，河岸上不仅不见朱雨亭，并且还停着一溜足有二百米长的河船，这让我到哪儿找他，或者他到哪儿找我呢？我的同伴们丝毫不在乎我的心情，径自上了其中一艘船。即使我告诉他们已与朱雨亭相约的事，他们却不知何故，甚至让人觉得好像有点讨厌朱雨亭似的，冷淡地说："朱雨亭不一定真来呢！"然后又说，即使河船上碰不到，等到石码换小蒸汽船时一定可以碰到。河船虽有许多，小蒸汽船却只有一只，这是没错。但在那人挤人的小蒸汽船中，谁能好好聊天呢！而且河船上要花近两个小时，小蒸汽船不是只要约四十分钟就到厦门了吗？我对两位同伴的不解人意生气不已，就一个人站在船上眺望周围，希望能见到朱雨亭。不久，乘客全齐了，船离开了河岸。我想若朱雨亭是特意为我而去厦门的话，自己这样岂不是置他于不顾了吗？但转念又想，他肯定是到厦门有事。这样想来想去，最后决定不去想他了。我又开始讨厌起不光在这时，而且这三天来一直不顾及我的心情、与我难以融洽相处的同伴们来了。

如果不是特意送我的话，朱雨亭一个人也会来厦门吧，我正这么想着时，果然，从小蒸汽船上见到了朱雨亭——他现在正在水中舢板上，可能和我们一样，从河船上下来后，准备上小蒸汽船。他的舢板与我们的正好相反，停在了小蒸汽船船头处的舷边。但是这次朱雨亭和我互相注意到了对方，他穿过人群来到了我的身旁。我们没有互相用生硬的外语费力说话，只是互相看着对方的眼睛，无言地表达亲切之情。有时候他用厦门话向我的同伴们说着什么，有时候我向我的同伴们用日语说些事情。他看样子话不多，在船上与我说的也仅仅是“漳州好玩吗？”“什么时候回日本？”等寥寥数句。我脑海中浮现出几个关于漳州近况的话题想问问朱雨亭，但是表达起来颇为复杂，念及同伴们不得要领的翻译水平，我就没有问。我只是看着这个浓眉大眼、皮肤黝黑的中国人——这个更像东京学生的圆脸的朱雨亭，抱着善意，一直注视着这位相貌堂堂的青年有时显出的一丝腼腆的、好像有些畏怯的表情。我有时想对他说几句恭维话，但是却想不出合适的英语来表达。就这样，我和他在船上几乎没怎么互相说话。

不久，小蒸汽船到了厦门。那一天鹭江的浪很大，因为第二天就是旧历六月十九日。当地谚云："六月十九日，无风海亦鸣。"我们的小蒸汽船进入了湾内，船周围是成群的要载客上岸的小舢板，它们在水中随着波浪上下起伏。尽管毫无争抢的必要，小蒸汽船的乘客们还是争先恐后地涌向舢板。我的两位同伴相继跳上了一只舢板，我也跟了上去。朱雨亭随在我身后正准备跳——就在那时，一个大浪袭来。小舢板上了三个人后本来就已经稍稍离开了小蒸汽船，现在它滑过这大浪的表面，更是迅速远离了小蒸汽船。舢板上的船家知道朱雨亭想上来，但他已满足于已有的三个乘客，不想在波浪间再次返回小蒸汽船那里。我看见了独自一人留在甲板上的朱雨亭——从此以后，我就再不会看见他了。

就是这么回事。但是那时，在这篇文章开头部分所写的那样的心理状态中，在我一边强给自己打气，一边拼命赶写《厦门采访手札》的稿子时，我在自己记忆的最深处找出了朱雨亭。在不断回忆他的事情的时候，我不禁感到朱雨亭，这个我以前仅仅认为是和自己互相用蹩脚的英语交谈过数句并仅此而已的人，不知怎么，总觉得现在对我有了什么意义。我与朱雨亭互相通报姓名之前奇妙地失之交臂的经历，好不容易见到后又因言语不通而引起的焦急感——像这些我和朱雨亭之间的种种无缘，最后以因那大浪而一句“再见”也没说的永别为结束。那次旅行中，我在所到之处，一直以旅人的心情，与有缘相识的人，或约定其实难以实现的再会之期，或各自互道珍重。只有朱雨亭，我没有机会与他告别。这虽然没什么大不了的，但是，我感到这与我这些日子里内心漂浮着的一种情绪紧紧联系着。因此，我决心至少在游记中尽可能详细地写下朱雨亭的事。

然而，我还是忘了很多事情。那个说要养蜜蜂的青年、那个告诉了我许多事情——正德帝与白牡丹的传说、漳州军真的要和广东军决战了、连参谋长林季商昨天都从德化回到了大本营等等——的青年，他叫什么名字呢？我的确得到了一张他的名片。还有，朱雨亭的雨亭是雅号，他的真名又叫什么呢？而且我记得，他给我的那张名片上还写着他是哪里的人。他的名片在我旅行所得的名片中算是很大的，上面印得大大的活字很有手写特色，是最有中国风格的一张名片了。我确实把那一叠名片收了起来，但在哪儿呢？我最近记性越来越坏了，可是继续写游记就必须要用到那一百多张的名片。我想到这里，就从床上爬了起来——我先前忘了交代，那一段日子里一直下雨，而我起来后也无事可干，所以虽是夏季闷热之时，我却弄暗房间，不分昼夜地缩于床上。稿纸就在枕头周围散乱地放着，这一切看着就像鼠窝。——好了，接着上文说。我爬了起来开始寻找那些名片，因为我是加了小心收藏起来的，所以以为立刻就能找到。但是我怎么找也找不着。我把能想到的地方都找遍了：旅行包、箱子，还有从台湾买来的竹篮等等。我一个不漏地彻底翻了一遍。我因而越来越急躁了。我明知没有它们我也可以设法写出文稿，但是这时我产生了一种不找出来的话，干什么都静不下心的歇斯底里的情绪。最后我想到：这么找还找不到的话，它一定是在那个箱子中了。然后我就犹豫了起来：开不开那只箱子呢？

我有一只箱子，一只当时不给别人看的箱子——看了也不会有害，但是我不想给别人看。我外出时就把那钥匙放在西装背心的口袋里，在家时就把钥匙放在墙上横木上的灰尘中。我在箱中放了满满的一大堆东西——各种信件、照片、其他——我还是仅以“其他”来代替那些目录吧——总之，那些东西装得满满的。它们全是关于某事的各种各样的、作为回忆的物品，而某事是我从台湾、厦门回来后，连行装都未解之际偶然发生的。这只在中国买的、中国风格的箱子因其较大且有锁，就被我特意用来收藏上述物品——我自己也一直注意不去打开它。作为不可打开的东西，我在自己的心中以自己的意志锁上了这只箱子。我已有一个多月没开过这只箱子了。若要忘掉全部的事的话，最好的方法不就是不看与它有关的一切吗？我在心中所说的那只箱子，就是这只箱子。我正在犹豫着是否要打开它，我对自己辩解道：我现在要打开它并不是出于痴情，而是出于需要。其实我那晚一直被一种想打开它看看的情感笼罩着，况且夜已深，家里的人都在睡觉。我于是从壁橱里取出了那个不太大的箱子，然后又从横木上取下了那形状笨拙的、奇妙而庄严地做成的钥匙，坐在了自己的枕边：我是看看箱子里是否真有旅行中的人的名片的……所以我只看名片……决不再读信了，因为读信只会又一次扰乱自己的心……我这么对自己说着，插入了钥匙。我的呼吸变得如同郁闷之人的呼吸一样，我轻轻翻动了箱里的东西，尽管还是不久前的东西，可由于连日下雨，箱中发出发霉的味道。我翻着其中的物品，触及的全是一件件不待我回忆就告诉我那些回忆的东西——有的是某时她送给我的，有的是别的时刻我向她要的。这些物品混放在打开呈两部分的箱中，我的心就像这箱子一样，完全被弄乱了。“……太不果敢了，太不果敢了。”——这么泣不成声地说着的她的声音，渗入我心底的这声音，再次从我心中涌了出来。哭倒在地、已没法送我到大门口的她，在我正要登上她家门前的车子之际，匆忙拉开二楼的拉窗，站在那里目送着我——直到我俩之间出现了街角的房屋为止。我也回头看她，她一直哭着站在那里……种种情景，众多声音和幻象，一时间痛苦地集中于我的身上。

“名片不在这里。我把它放在哪儿了呢？”

我一个人说着这无用的话，关上了那只箱子——那只只要搭上上下部分就几乎自然而然地锁上的木箱。“咔嗒”一声金属声过后，箱子自动锁上了。我把已锁上的箱子横着扔了出去，默默地在心中叫道——

“朱雨亭！朱雨亭！”

就像是作为代替，呼唤包括她的名字、她与我之间所有的一切，以及我自己的全部过去，特别是转变中的一切的东西似的。

不知何时，我发觉自己不知怎么端坐在蚊帐的一角了。我一边感觉着自己心里的爽快，一直这么端坐着；一边感觉着那个我们决计听不见的巨大的时间之翼，从我们所有的一切之上飞翔而去；一边隔着蓝色的蚊帐久久凝视着因数日未扫而积满灰白尘土的房间一角……

图书在版编目(CIP)数据

南方纪行/(日)佐藤春夫著;胡令远,叶海唐译.—杭州:浙江文艺出版社,2018.3(2018.6重印)
(东瀛文人·印象中国)
ISBN 978-7-5339-5019-4

Ⅰ.①南… Ⅱ.①佐… ②胡… ③叶… Ⅲ.①散文集—日本—现代 Ⅳ.①I313.65

中国版本图书馆CIP数据核字(2017)第218239号

统　　筹:曹元勇
责任编辑:周　语
封面设计:人马艺术设计·储平
责任印制:吴春娟

南方纪行
[日]佐藤春夫　著
胡令远　叶海唐　译

出版:浙江文艺出版社
地址:杭州市体育场路347号　邮编:310006
网址:www.zjwycbs.cn
经销:浙江省新华书店集团有限公司
印刷:上海中华商务联合印刷有限公司
开本:787毫米×1092毫米　1/32
字数:58千字
印张:5.5
插页:4
版次:2018年3月第1版　2018年6月第2次印刷
书号:ISBN 978-7-5339-5019-4
定价:38.00元